THE BIRTHDAY

环界 4

新生 THE BIRTHDAY

〔日〕铃木光司 著　平宣 译

南海出版公司

新经典文化股份有限公司
www.readinglife.com
出　品

目 录

THE BIRTHDAY

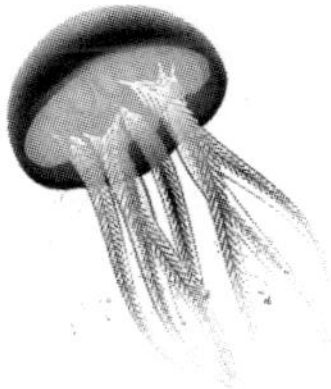

第一章

CHAPTER 01

空中浮棺

1

1990年11月

意识清醒以前，她一直茫然地盯着天空。所谓天空，其实只是一片狭长的范围罢了，蓝色以外的部分全被黑色的边框住。一开始她搞不清看到的究竟是什么，也不清楚自己到底身在何处。

她从睡梦中醒来，感觉仍在半睡半醒之间。身体两边紧贴着水泥墙壁，后背底下也同样是冰冷僵硬的感觉。如果上面的天空是圆形的，她还可以猜测自己身在井底，但是照现在的形状来判断，自己好像在一条狭长的排气沟内。

从这儿无法直接看到阳光，通过皮肤感觉到的冰冷气息，她知道现在是早上。偶尔由远及近传来一阵苍凉的乌鸦叫声，在狭窄的空间里回荡，却看不见它的踪影，接着听到船上的汽笛声。她可以肯定这里靠近海边，海洋特有的潮汐味道刺激着鼻孔。渐渐地，她终于明白自己身在何处——应该是在面朝东京湾的大楼的楼顶上。

她抬高下巴，看到两条生锈的水管横在头顶旁，两边的水泥墙紧贴着身体，肩膀和手臂完全无法动弹，整个人直挺挺地仰卧着，都没办法侧卧。裂开的水泥墙凸出几根铁条，像箭头一般尖锐，稍一动弹就会被刺到。

她挺直身体抬高头部，试着朝脚底看去。不知是眼睛的错觉还是思维不集中，先前以为是铁条的东西，竟然被风吹得摇晃起来，定神一看，不是铁条，而是和服腰带。她不知道另一端绑在哪儿，只见它在脚边飘啊飘。一瞬间，她联想到《蜘蛛之丝》这本小说，接着又想到地狱，顿时觉得全身的毛细血管都收缩起来。她实在想不起自己为什么会在这里，记忆仿佛打碎了的瓦片，四处散落，极力回想也凑不出有意义的片断，每件事的前因后果都搅得一团乱。

这里到底是哪里？为什么会在这个地方？很明显，她的记忆有一部分已经消失，甚至连究竟有多少地方是空白都不知道。她不禁在内心低唤着自己的名字。

“高野舞……”这名字应该没错吧？她有一个女性化的名字，但是总觉得有些不协调：一种拂不掉的异物蹿入了身体，自己好像已经不是自己了。

接着，她竭尽全力地回想自己的背景，包括到目前为止的种种经历——二十二岁，文学系的大学生，大学毕业后要进哲学研究所。

忽然间，脚底传来一阵痛楚。高野舞战战兢兢地抬起脸朝脚下看去，吓了一跳，因为她看不到自己的脚。一时间她弄不懂是什么东西遮蔽了视线，于是眯着眼睛仔细一看，那竟是自己隆起的肚子。她惊恐地瞪大双眼——套装半裙下的腹部竟然莫名其妙地胀大了。她忘了脚痛，用手轻轻抚摸肚子，发觉异物并不是夹在裙子与肚皮间，因为腹部的皮肤是从内向外膨胀的。她记得自己的身材原来属于纤瘦型，胸部也不丰满，纤细的腰肢更是让她一向引以为豪。

惊愕感退去后，高野舞抚摸着肚子，无法相信眼前的情景，大脑一片空白。她仿佛事不关己地观察着自己高挺的肚子，猛然间，脑海里浮现出“孕妇”这个词。

从这时开始，她的脑海里不断涌现出片段的影像，逐渐理解了自己为何在这里。

事情的开端是一盘录像带。

“我不小心看到了……”

当时，高野舞明明有不祥的预感，但还是看了那盘录像带。

她回想起将带子放进录像机，按下播放键的情景，手指上的触感仍然十分清晰。

2

不管是得到录像带也好、看了片子也好，全是自然地发生的。她似乎是偶然看到那盘录像带，但并不知道背后到底有没有人为的力量在操纵。她过于畏惧肉眼看不到的力量，缺乏知道真相的勇气，于是说服自己，将它看作偶然事件。

高山龙司的死牵涉一盘录像带，这是高野舞从龙司的友人浅川那儿无意间听来的，但到底是什么情况，浅川并没有告诉她。

龙司看到了惊人的影片，惊吓致死，这种滑稽假设是高野舞自己捏造的，否则如何对外界说明一盘录像带会致人死地的内幕呢？如果不这样假设，就无法理解浅川的话。高山龙司死后，浅川问她："难道龙司真的没有对你说什么吗？譬如说录像带之类……"仿佛暗示高山龙司的死是录像带造成的。当时高野舞并没有相信他，但不知这是不是变成了暗示。似乎被一种冥冥中的力量牵引，她看了影片的内容。

高山龙司在大学里是教逻辑学的，经常在杂志上连载哲学论文。负责重新誊写论文的就是他的学生高野舞。龙司的字迹非常特别，看惯了的人才能理解，高野舞本着拜读老师论文的心思，主动争取到了誊写的任务。

高山龙司在写完连载的最末一节后突然去世。解剖遗体的法医安藤满男判断，他的死因是围绕心脏的冠状动脉发生阻塞，引起急性心肌梗塞，但在真正的死因上仍然存有许多疑点。连龙司的朋友浅川都始终暗示，一盘神秘的录像带才是直接致死原因，这更为他的死增添了重重疑云。

高野舞将原稿最后的部分交给杂志社编辑前，才发现长达一年的连载，结论部分竟然缺了几页。她寻遍龙司的房间，仍然找不到那些缺页，只好到龙司的老家相模大野去找。

高野舞向龙司的母亲说明原委，便来到龙司住的二楼找寻。从小学到大学二年级，龙司一直将这房间当书房用。从书到衣服、电器、小家具，所有的物品全装在纸箱内，杂乱地堆积着，隐藏的死角很多。找了一阵子，也许是疲惫感使然，高野舞强烈地感觉被某种“东西”从身后窥视着。

当她还是高中生时，有一次，美术老师邀请她做油画的模特。虽然穿着衣服，她仍然可以感受到老师的视线仿佛穿透衣服，抚摸着她的肌肤，深入她的骨骼一般，使她产生掺杂着羞怯和陶醉的兴奋感。事情过后，她听说画家在画人物的头部时，目光可以穿透皮肤观察头盖骨的形状，才知道自己的直觉是正确的：原来美术老师的眼睛清楚地掌握了我的骨架结构。

如同当时感受到的强烈视线一般，她觉得有一股锐利的视线刺入脊背，透过皮肤挖她的肉，深入骨骼。

高野舞不得不回头看去，背后有一个被她的粉红毛开衫盖住的黑色东西。她将毛衣拿开一看，原来是一台黑色外壳的录像机，虽然没有插上电源，但仍有微弱的红色信号在闪烁。这时，她的脑海里浮现出浅川的话："难道龙司真的没有对你说什么吗？譬如说录像带之类……"

这句话引发了高野舞的好奇心，她立刻将录像机的电源插上。

3

高野舞越来越觉得自己出现在这个地方并非偶然，说不定是谁早已安排好的。她现在躺的地方是大楼屋顶上的排气沟，和录像带长方外盒的形状颇为相像——不，应该说和录像带的外壳更相像。不知不觉，东方已经发白，天空逐渐晴朗，染上越来越浓厚的蓝色。光线从龟裂的排气沟缝隙里照进来，形成明暗的光影，快速地向下移动，有如射进录像带盒子里的那道光线般迅速转动……

高野舞回想起在龙司的老家，将录像带从录像机中抽出的那一瞬间，从里头吐出来的录像带仿佛一张咧开的嘴巴，正扮着鬼脸嘿嘿笑。她触摸录像带时，虽然那是没有生命的东西，却有一种温暖的感觉，仿佛有生物身上的温暖传到了她的手指上。

带子上写着奇怪的标题：

莱瑟·米里尼、法兰克·辛那屈、沙米·迪贝斯·Jr·1989

这标题写得很不高明，无法说明带子的内容。高野舞猜想，这盘录像带应该不是揭发内幕的物证之类，也许只是拷贝了其他录像带。

高野舞现在十分后悔从龙司的老家把录像带拿回来，只不过是要找几张原稿，为什么要被那盘录像带吸引呢？不理它不就好了吗？

光线逐渐落到裂缝底部，直接射进高野舞的眼睛，原来太阳已经升到中天了。她虚弱地抬起左臂。手上没有戴表，她只能利用光线的高度来推测时间。

高野舞觉得意识开始成块地脱落，清醒和恍惚互相交错。从醒来到现在的几个小时里，她半睡半醒地打着盹，唤醒过去的记忆。现在，最紧急的事是想办法逃离这里。

照理说，她应该感到恐惧或悲观，但她像局外人似的观察着自己。她觉得意识模糊，似乎无法把握自我，不由得一阵恐惧。

没来由地，高野舞脑海里浮现出一幕景象：井底有一位楚楚可怜的少女。这景象应该是某个东西引发的才对，但是完全不知道它的来源。一股柑橘香味刺激着她的想象力，少女的面孔化为一个具体的影像，时而紧贴她的身体，时而飘然而去。同时，少女的影子逐渐成形。高野舞侧耳倾听四周的声音。她孤零零地待在这儿，实在有种说不出的恐惧，因此盼望有人在身边，期待赶快有脚步声过来，不管是谁都可以。

我只能在这里等人救援吗？高野舞开始为自己的无助生气，她讨厌消极地等待。

从墙壁垂下来的绳子是唯一可以和外界相通的救生索。往上看去，只看到一个打成圆形的结。这条绳子恐怕支撑不了高野舞的重量，但是没有其他方法能出去。绳子的一端刚好垂在她脚尖旁，距离地面有几十厘米。高野舞勉强坐起上半身，想试试看能移动多少，但是疼痛的左脚踝撞到墙壁，她不由得发出惨叫声。这证明她的意识仍然很清楚，反而为她增添了勇气。

高野舞冒着冷汗，忍着疼痛，尽管她一心逃出困境，却连上半身都无法抬起来。

“救命啊！救命啊！”她试着喊了几声，头上一览无遗的天空吞没了她的声音，外界任何反应都没有。如果没人凑巧有事到顶楼来，她叫破喉咙也是白费力气。

高野舞开始思索其他办法：得设法引起人们的注意，让他们上楼来，比方说如果有东西从天而降，来往的行人应该会看到。不知道有没有什么东西可以往下扔。

高野舞双手往头上方一伸，指尖碰到两三块水泥块。她拿起其中一块，差不多有大拇指大，这种东西就算打到行人的头，也不至于造成严重伤害。在初中和高中，她是田径队的短跑选手，又是班上数一数二的垒球高手，不过像现在这样平躺着，究竟能把水泥块扔多远，她倒没有试过。如果要扔的话，只能用右手往脚的方向抛，而且要让它越过屋顶的栏杆掉到地面才行。

阳光渐渐向东倾斜，高野舞想，中午是人较多的时候，于是用右手抓起一块石头往空中一抛，却连一点回声也没有，它仿佛凭空消失在空气中一般。她望着狭窄的天空怅然若失。眼前细长的天空就是全部的世界，她不禁怀疑自己还能不能和外界联系上。

高野舞继续摸索，这次摸到的是十厘米长的铁管，比刚才的小水泥块更重，能扔得更远。不过，如果无意中打到人的头，可能造成相当大的伤害。她不希望给别人造成伤害，也想记下自己的遭遇，便开始翻找身上的口袋，看看有没有什么布料可以绑住铁管，这么一来，捡到的人就不会误认为它只是无意中掉落下来的东西了。但她的口袋里并没有布条，撕破裙子也不是容易的事。她闭上眼睛，一个好主意忽然浮上心头：和铁管绑在一起的东西越醒目越好，最好一看就知道是女性用品。再没有比这个东西更合适的了——她准备将内裤脱下来紧紧绑在铁管上。

这机会只有一次，如果失败就完了。高野舞慢慢地将裙子往上翻，摸到裸露的腰骨，但是，就算她用指尖抓破自己的皮肤，也摸不着内裤——天啊！竟然没有穿内裤！这种事平常不可能发生，她从来不会不穿内裤就出门。

她不由得抬起头看看下方，却被隆起的腹部挡住了目光，只好用手摸索。在肚子里，好像有什么东西在蠕动。她猜想，这大概就是胎动吧，但是转念一想，自己还是个处女……意识又开始模糊，肚子里到底是什么东西？

她看着露在裙外的肚子，里面的压力使腹部凹凸不平。这时，她想起以前看过的一部电影中的情节，感到不寒而栗。

4

高野舞的记忆是不会出错的。

她以前差点献身给男朋友。当时她躺在床上，姿势也和现在一样，双手双脚伸直仰卧着。她和男友推心置腹地交谈过之后，下决心要献身给他。他是同一所大学文学院的学生，名字叫杉山，皮肤白净，体形纤瘦，五官俊秀，个子比她高一点，是个标准的美少年，和她很相配。高野舞并不是被他的外表吸引，而是佩服他学问广博。杉山的文学造诣极高，精通占星术和希腊文化。博学多闻的他在什么样的领域都能侃侃而谈，对她的问题也能迅速地给出正确的答复，让她敬佩不已。

高中时期，高野舞热衷体育运动，进了大学，她决定全心攻读学术知识，碰巧遇上了才华横溢、充满中性魅力的杉山，不禁对他一往情深。擅长田径项目的她选了杉山做男朋友，让许多死党跌破眼镜，不禁狐疑地问：“咦？她不是喜欢体育系的男孩吗？”但如果让她在文才和武艺中选择，她肯定以文才优先，当然，如果对方文武双全更好。高野舞在遇到高山龙司以前，从不曾见过条件这样优秀的男性。

田径队时期，高野舞不止一次接到学长的邀约，当时他们都还是纯真的少年，大伙围在桌边谈天说地时，无形中散发出来的男性气息环绕着她，经常让她备感沉重。而所谓中性的魅力，其实含有一种轻松的感觉。面对杉山时，她不需要时时抵挡男人紧逼而来的欲念，或是委婉地避开对方注意的焦点，可以安心而轻松地面对他。

那一次在杉山的住处，高野舞毫不犹豫地准备结束处女生涯，她按照对方说的，闭上眼睛躺在床上。由于心情紧张，她手脚僵直，和现在的姿势一模一样。杉山并没有试着舒缓高野舞的紧张感，反而觉得她僵硬的身体很有趣，沉默不语地动作着。高野舞的衣服一件件地被褪下，裸露出光滑的身体。他们既没有亲吻，也没有爱抚，这样淡然无味的前戏，没有经验的高野舞并不觉得奇怪。

高野舞身上只剩下胸罩和内裤时，杉山抚摸着她的胸部，将胸罩轻轻地往上一推，露出一对娇小的乳房。她原本就小巧的乳房现在变得更加平坦。她虽然闭着眼睛，但仍然想象得出杉山盯着自己胸部的样子。

高野舞在这停滞的十几秒里感受到前所未有的尴尬，她强烈地体验到，杉山的目光一直盯着她的身体看。一股流动的气息正迅速地转变，高野舞十分不安：他到底在做什么？快点啊！

但高野舞的期盼落空了，杉山将她的胸罩挪回原来的位置。高野舞感觉到对方的动作，睁开眼睛，难以置信地看着自己的衣服一件件被穿回身上。她的身上连一滴唾液都没沾上，毫无污染地被遮盖起来。

高野舞用目光询问杉山，怎么回事？

杉山凑近高野舞的耳边低语道："还是不要吧。"平常能言善辩的他却如此低调，一定是心理上受到了极大的冲击。他大可以找理由解释中途放弃的原因，却只用这样一句话来搪塞。

高野舞脑袋轰然一响，一时间呆若木鸡，随即涌上一阵阵的屈辱感，仿佛一具被夺去人格、可以随时变换面孔的木偶。她自问，两人互相沟通之后才决定发生性行为，为什么要中途退缩？难道是自己的肉体毫无魅力吗？是自己的胸部太小吗？不必把衣服剥光，穿着衣服也看得出来啊！

高野舞就这样不明不白地怀着受创的心离开了杉山的住处，径直回家。两人的关系也因此结束。

之后，高野舞仍然接受许多男性朋友的邀约，却从不跨越最后防线。一想起这件事，那空白的十几秒马上变成恐怖的影像直逼而来。如果要再一次受到这种污辱，她宁愿一辈子当老处女。她绝对没有因为意识恍惚而失去记忆，也从没有过真正的性行为，连到医院检查都不需要。

为什么她会怀孕？如果硬要找出原因，这是在看了那盘录像带之后才发生的。高野舞又想起另一个原因：看那盘录像带那天，刚好是自己的排卵日。排卵日，录像带，两个因素相加，造成了她身体上的变化。

照在排气沟裂缝内侧的光线已升起，太阳逐渐西下，她身处的长方形空间渐渐被黑暗控制。高野舞感觉自己的肉体又被一股带有评价意味的视线窥视着，那视线来自自己的肚子，仿佛被胎儿的眼睛观察着一般。忽然间，仿佛要证明她的想法，她的腹部涌起一阵强烈的振荡。

5

现在回想起来，高野舞着实像中了圈套一样，不知道是谁在暗中将一切都安排好了……

那时，她翻遍了高山龙司家所有的家具，仍然找不到原稿遗失的部分，她已经和编辑约好明天要交稿，在明天下午之前，必须将连载的最末章节誊写完交出去。

深夜，高野舞把自己关在房间里，桌上的原稿摊开着，她却双手抱头，不知怎么办才好。这房间约十平方米大小，她一向以和式小桌代替书桌，坐在和式椅子上念书。一尺外有两组书架，书架之间放着一台十四英寸的电视。

高野舞频频仰头叹息。如果只需要誊写还好，问题是如何补上遗失的部分。上一篇文章的结尾很明显地起了转折性的变化，她无法预测龙司如何处理这个结局。如果用自己的观点来补上遗失的部分，下笔时会感到心虚。

忽然间，高野舞想起，她不必为添加内容而烦恼，可以减少内容啊。删减要比添加轻松得多，也不用顾虑会扭曲龙司的观点。

高野舞觉得轻松多了，此时，一盘录像带忽然映入她的眼帘。那是她在龙司家寻找遗失的原稿时顺手带回来的。她想先看看录像带轻松一下。

高野舞坐在和式椅上很自然地一伸手，把录像带拿过来。

这盘录像带没有外盒，从卷标上的笔迹就看得出它不是高山龙司的东西，是经过第三者的拷贝，辗转来到高山龙司的公寓里，如今又来到她的房间。

高野舞将录像带推进录像机里，很自然地开启了电源开关，按下播放键。碰到播放键的瞬间，一种本能的警告声在命令她：现在还来得及，快点扔掉它！但是这个声音被录像带发出的杂音遮盖住了。

“哧——哧——”

高野舞终究无法战胜好奇心。一幅像漆黑的墨水在流动的画面立即映入眼帘。没有办法后退了，她调整了一下姿势，录像带上也出现了一行傲慢的要求。

一定要看完它，否则会被亡魂吃掉哦！

粗大的黑线条组成的文字威胁着高野舞，闪烁的光点直射到她的眼球中，她很不舒服，却无法移开视线。

然后，屏幕上出现的是意思不明的片段，给人身临其境的强烈压迫感。紧接着，画面上猛然跃出一团红色的岩浆，炽热的熔岩从火山口倾泻而出，往山谷间流窜。飞舞在夜空中的火苗交织成残酷的自然景象。不久，画面上现出粗而黑的“山”字，浮现一会儿，随即消失，换成两个骰子在圆形铅碗中滚动。接下来的画面中总算有人物出现。只见一个老婆婆坐在榻榻米上，面向正前方不知道在说些什么，也许是某地的方言，高野舞听不明白，但是老人的神情给人一种在训话的感觉。

忽然，高野舞听到一阵刚出生的婴儿的啼哭声，婴儿的身体逐渐长大。这时她竟然产生一股错觉，仿佛自己正抱着画面中的婴儿，摸着他温暖柔滑的皮肤。她吓得赶紧缩回双手。婴儿消失的同时，“说谎”“骗子”等喧嚷声一涌而出，近百张面孔都带着憎恨和敌意，人脸有如细胞分裂般持续地增加，化为无数的点，充斥着整个画面。接着，黑色的画面上浮现出“贞”这个字。

一张男人的脸突然显现出来，他的脸上流下涔涔汗水，正呼呼地喘着气，背后有一些稀疏的树木。男人身穿无袖的运动背心，裸露的肩膀因布满汗水而闪闪发亮，暴晒过度的皮肤脱了一层薄薄的皮。从背后的景色和男人的穿着，可以看出那时正值夏季。男人双眼充血，带着杀意，嘴角斜斜流着口水。他脸朝上一仰，随即消失了。下一次出现的时候，男人肩头的肉被挖掉一块，汩汩的鲜血沾满整个画面。

过了一会儿，屏幕里又传出婴儿的啼哭声，响亮得几乎令观看者战栗。高野舞再一次回想起婴儿皮肤的触感。画面的中央出现一个圆形的洞，好像一个人从黝黑的深渊里望向空中的满月。过了一会儿，从满月中掉落下一两块拳头般大的石头。

“这个人正从井底望着天空呢。”

这个满月的画面，使高野舞日后凭着直觉，在临死前明白了自己面临的命运。

最后，画面上再次出现一段文字。

看过这部录像的人在一个星期后的这个时间会面临死亡。如果不想死，从现在起就依照下面说的去做……

这时，忽然插进一段耳熟能详的广告，将避免死亡的方法擦除掉了。

高野舞颤抖着手按下录像机的停止键，下巴变得僵硬，想说些什么，却又说不上来……

高山龙司死后，浅川来问过她：“难道龙司真的没有对你说什么吗？譬如说录像带之类……”

录像带的确是放在高山龙司房间里的，他看了录像带一星期之后，就不明不白地死去了。如果不是亲自看过这盘录像带，任谁也不相信这回事。每一个画面都充斥着异样的真实感，牵动着观看者身体里的每一个细胞。

高野舞茫然地坐在录像机前面。忽然，胸口涌起一阵恶心，她连忙跑到洗手间。

不该看的。但是后悔已经来不及了。她用手指抠到喉咙深处，一直吐到胃里空无一物。此时此刻，她只想将胃里所有的东西都吐出来，仿佛要把身体里的异物全逼出来一般。她被胃液呛得涕泪纵横，趴在马桶上痛苦地喘息，感觉自己正逐渐被一股无形的魔力控制，整个人随即失去意识。

她看过带子之后，时常在一瞬间失去意识。接下来的一个星期中发生的事,她无法按照顺序去回想。等到她清醒过来，已经过了好几个小时，根本搞不清自己身在何处，灵魂仿佛出了窍。

高野舞隐约察觉到，自己的肉体正逐渐被别的生命体支配，侵入体内的异物已经缓缓地成长了。是因为在排卵日看了带子，才让异物侵入体内吗？还是说，只要是看了录像带的人都难逃一死？高野舞想象着无数的精子冲向输卵管里的卵子的画面。是不是看了录像带，体内会产生大量病菌般的微生物，一口气杀到输卵管里呢？否则一个处女怎么可能变成孕妇？现在她的肚子里肯定有个生命，正反复地扭动身体，在紧绷的子宫中手舞足蹈。

6

绳子的一端轻轻搔着高野舞弯曲的膝盖，位置好像比中午下降了些。到底是谁在这排气沟中放了一条绳子？

高野舞用双手感觉到，一条绳子正绑在屋顶的扶手栏杆上。黑暗中，她的双手曾被某种意志力操纵着，利落地将绳子打了个结。当时站在高楼顶上，强劲的风吹得她的双脚和腰不断摇晃，稍不小心就会失去平衡，但是她被一种无名的使命感驱使着，专心地将绳子绑好。绳子是从房间出来的时候就准备好的，她想不起和绳子一起准备的东西是什么，但确实放在了塑料袋里，是个软绵绵的东西。

看了录像带以后，在子宫里徐徐生长的生命开始影响高野舞的肉体。她经常在深夜忽然清醒，竖着耳朵倾听腹中异物鼓动的声音。才四五天而已，她的肚子却大得像要临盆一般，胀大的乳头也开始渗出母乳。

现在，高野舞总算明白自己为什么会在这个排气沟底部了——因为要分娩。

她怎么也无法相信腹中的东西是自己的孩子，怀疑自己怀的是不是人类，甚至不觉得那是个有生命的东西。一种使命感驱使着她到不为人知的地方把这个异物产下，因此，她得做好“金蝉脱壳”的准备。

在前一晚的此时,高野舞脱了内裤,趁人不注意溜出房间,来到仓库街一栋大楼的屋顶。那是一栋沿海的旧建筑,到了晚上人迹罕至,往来的车辆也十分稀少。

高野舞跨越二楼的楼梯拐角,顺着螺旋状的防火梯爬上屋顶,再爬上水塔的梯子,来到机械室上面。在靠近海的那一面,有一个排气用的沟槽,宛如浮在空中的棺材。这是让蝉脱壳的最适当的地方,把这具没有灵魂的壳放在这里再好不过。高野舞抓着垂下的绳子慢慢地往排气沟滑下,一不小心将脚踝扭伤了。白天还可以借着光线的变化知道大概的时间,但是到了漆黑一片的夜晚,仅靠闪烁的星光无法推算时间。

忽然,高野舞悲从中来。她待在这里已经超过二十四小时了,只有两三个小时能保持清醒,其他时间几乎都失去了知觉。她好几次感到惊愕、恐惧,以及没来由的恶心,但觉得悲哀倒还是头一次。

也许高野舞知道,自己肉体正逐渐接近毁灭。她想起身却起不来,喉咙里也发不出声音。相反,腹中的胎动却愈来愈强烈,充满了生命力。

高野舞一想到这二十二年人生岁月,便备感辛酸:自己的身体被不知名的异物占据,它为了来到这世上利用自己的身体，那自己过去的努力又有什么意义？她不觉流下眼泪，对无常的人生悲痛万分。

十一月中旬，白天虽然还算暖和，到了夜晚也非常寒冷。水泥的冰冷感从背部渗进骨头里，让她愈加悲伤。

这时，不知道从何处渗出涓涓的液体，暖暖热热的感觉逐渐蔓延开来。

救命啊！救命啊！

高野舞想喊叫，却叫不出声来，紧接着一阵剧烈的疼痛排山倒海而来，有如巨大的海啸，将一切悲伤与寒冷统统带走。

海的味道好像越来越浓烈了，应该到了涨潮的时分。

小时候，母亲曾经对她说："你啊，是在涨潮的时候出生的。"母亲还说，人类的生活作息都是随着自然界的运作而变动，在涨潮时生下来，退潮时死去。这时，生与死或许将同时发生，那么是在涨潮时还是退潮时？

高野舞感觉阵痛稍微缓和了一些，它的频率比海浪的起落缓慢些，仿佛可以在固定的节奏上听到低沉的旋律。船的汽笛声、远处街上的汽车喇叭声也为这旋律添加了不少音节。然而，这究竟是夜晚街头传来的声音，还是大楼里某个房间播放的音乐流泻到这个地方来？高野舞无法判断自己是否真的听到了音乐，此刻她根本区分不出幻觉与现实，只觉得听着这固定的旋律可以让心情稳定下来。

神秘的旋律舒缓了肉体的痛苦，让人觉得不可思议。突然间，她明白了这音乐的来源，但随即又否定了这个想法，抬起头看看自己的腹部。是谁在里面唱歌？

高野舞想象着肚子里的生命为了减轻母亲的痛苦而唱歌的模样。它待在充满羊水的漆黑子宫里，和她身处的环境类似，但是，它快要诞生了。

从歌声听起来，那是一位年轻女人的声音，一会儿靠近自己，一会儿在脚下徘徊。不久，声音的主人停止唱歌，用低沉的嗓音说道："我以前曾经死在这个井底。"

这个女人说自己是山村贞子，简单地述说了她过往的经历。高野舞不得不相信她的话，因为声音告诉她，录像带的画面不是用摄影机拍摄出来的，而是通过五官用意念拍摄的。她不由得认同对方的说法，因为她看录像带的时候，这个素不相识的山村贞子的感觉竟然和她的感觉完全一致。此时，鲜活的婴儿画面在她的脑海里忽隐忽现。

子宫颈完全扩张了，高野舞配合阵痛的节奏使尽全力。痛苦的呻吟声响彻狭窄的空间，再反弹回她的耳朵里。在她听来，那完全不像自己的声音，始终有一种拂不去的陌生感。和初次的阵痛相比，这回的阵痛节奏急促而强烈。生命将要诞生，高野舞更为强烈地凝聚精力，也更强烈地释放自己，子宫和腹部的收缩不停地重复。

高野舞的脑袋仿佛被巨大的波浪不断地拍打，她随着那节奏深深地呼吸，强忍住极欲嘶喊而出的声音，将全身的力量集中到下半身。

想必月亮正绕着地球走，牵动着地球上的海水，缓缓地达到涨潮的状态。

突然，高野舞被一阵撕裂般的剧痛侵袭，下腹那股凝聚的精力化成一团东西，即将弹跳而出。高野舞无助地伸开手臂，她迫切需要一个可以紧握的东西。

生了！

然而，她已经不省人事。

7

也许高野舞只昏迷了两三分钟，恢复意识的时候，她看到自己的下体处有一个小小的身影在蠕动。婴儿一声不吭地扭动着身体，扬起上半身爬出来。她两只小手摆出游泳般的姿势，没有啼哭，默默地向前移动，这些动作传达出坚定的意志力。

然而，高野舞丝毫没有为人母者应有的喜悦和感动。总算将婴儿生了下来，仿佛将异物排出体外一般，她大为安心，如释重负。

高野舞的眼睛逐渐习惯光线以后，那个小小的身影越来越清晰。小婴儿全身被羊水覆盖，在星光的映照下，皮肤看起来湿漉漉的。她用两只手死命地抓着一条绳子，这条连在她身上的绳子满是皱纹……啊，她抓的好像是脐带，高野舞真想将它一刀切断，但是体力透支，只能虚弱地躺着，无能为力。

和虚弱的高野舞相比，婴儿显然活力十足，她用两只手将脐带拉成圆环状，含在嘴里想咬断它。当然，婴儿还没有长出牙齿来，只能用嫩红的牙床衔住脐带的中央。她将头往旁边甩动，小小的脸上像鬼一般露出扭曲狰狞的表情，实在不像是刚出生的婴儿。最后，婴儿硬生生将脐带咬断，再从滚落在脚下的塑料袋里取出湿毛巾，开始擦拭身体。那条湿毛巾好像是和绳子一起准备的，大概是高野舞从顶楼滑下来时不慎掉落在脚边的。

高野舞自始至终对事情的发展毫无印象，也许她是不知不觉被子宫中的胎儿指使，准备生产要用的东西吧。

高野舞的子宫继续收缩，她稍微使点力，便感觉胎盘排出了体外。婴儿和子宫内膜都已娩出，她的肚子变得扁平多了。从肚子上方看过去，可以看得很清楚，婴儿一直在擦拭着自己的身体，仿佛要将皱纹抚平般用力。她似乎在胎内就能预知出生以后要做什么事，动作熟练。将全身都擦拭过一遍后，婴儿很悠闲地蹲下来，嘴巴开始嚅动。从脸和手的动作来看，她好像在吃某种东西。她那饥渴的吃相刺激了高野舞的食欲。不久，婴儿的嘴边沾上深褐色的血液，不时发出咬肉的声音，好像正在吃胎盘。她两腮鼓起，努力嚼着有丰富营养的胎盘，适时地补充了必需的养分，身体更加绽放出生命力。婴儿一边吃着饥肠辘辘的高野舞肉体的一部分，一边露出满足的笑容。

黑暗中，高野舞与婴儿四目相对，一瞬间，她脸上流露出哀伤的表情。

“你是山村贞子吗？”高野舞吃力地发出声音。婴儿没有避开她的视线，而是垂下额头，柔软的头发贴附在头上。从这个动作，高野舞看得出来她承认自己是山村贞子。

斜上方，有一条绳子垂落在高野舞肩头附近。婴儿伸出手抓住绳子，一直保持这个姿势注视她。高野舞可以感受到她想逃到外面去的念头。

不出所料，婴儿抓住绳子，不停地往上攀登，中途还停下俯视高野舞。她眨着眼睛，颇有深意地看着高野舞，似乎在诉说什么。她的表情中没有敌意和哀怜，也没有憎恨。难道是因为她那小小的脸庞上布满了皱纹，无法看出她究竟在想什么？

过了一会儿，婴儿终于爬到排气沟的边沿。在星光的照耀下，婴儿周围浮出一圈黑色的轮廓。还有一小段脐带连在她身上，看得十分清楚，有如野兽的尾巴，又像魔鬼头上的角。婴儿站在排气沟边沿看了高野舞一会儿，高野舞想向这个黑影求助。

救救我！

没想到她求助的对象竟是从自己体内产下的生命，原本应该是被保护者的人，现在竟然变成施救者。

高野舞的希望终究落空了，婴儿自顾自地抓住绳子往上爬，就像硬把脐带咬断一样坚决。高野舞希望她留下绳子。如果她把这唯一能和外界相连的工具带走，自己势必无法从这个地狱逃出去。

“拜托！不要抛弃我！”高野舞拼命地恳求，婴儿仍然冷静无比，完全不理会高野舞的哀求。绳子被拉上去，婴儿的脸也从排气沟的边沿消失了，但还是听得到窸窣的声音，表示她并没有走远。

婴儿的脸再一次出现在排气沟边沿，她飞快地挥挥左手，扔下一件东西。微亮的天空照进一丝光线，高野舞看出那是缠成螺旋状的绳子，盘成一团落在她的肚子上，没有多少重量。莫非婴儿在恶作剧？如果真是这样，她分明不怀好意。

婴儿诡谲地笑了一下，随即一溜烟消失在黑暗中。她要去哪里？要做什么？高野舞看到身旁短短的脐带，似乎还有所依恋地残留在那儿。她仍旧无法摆脱那个小魔鬼的影响。

从东京湾传来了汽笛声，听起来仿佛是狼在远处嗥叫，唤醒了住宅区某个角落的家犬，传来一阵阵狗吠声。这排气沟离海很近，也接近居民区，却完全被另一个世界的规则控制。潮水涨满之后，接着就是退潮，什么事也没有发生。在这个空间里，生和死没有矛盾，一直和谐地并存。

高野舞无力地笑着，她恨婴儿的残酷，也为自己被他人的意识控制而悲哀。她环顾漆黑的四周，开始遥想未来。她期待黎明快点到来，但长夜依然漫漫无尽。自己的意识能否保持清醒，直到天亮，她没有自信。

此刻，她忽然感觉到星星降临到附近，身体开始漂浮起来……这种感觉真不错。

然而，死神已经来到她身旁了。

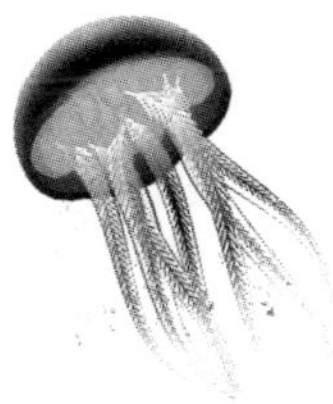

第二章

CHAPTER 02

剧团疑云

1

1990 年 11 月

这是一座可以容纳四百人左右的中小型剧场，远山在学生时代经常在这里排练和演出，对它再熟悉不过。这个剧场也是让他魂牵梦萦的地方，好几次午夜梦回，他总是在梦中的剧场里醒过来。对他来说，整个剧场最熟悉的地方，既不是观众席，也不是舞台，而是观众席后方的音效室。在那儿，他可以俯视舞台正中央，因为他负责的是音效工作。

隐藏在装饰架里的调音管和大型录音机，在强光照射下似乎近在眼前。他坐在音效室的椅子上，右手按住录音机的播放键，左手调整调音管的音量，同时还要紧盯着舞台上的演出。

直到现在，远山只要一闭上眼睛，还能清楚地记得录音机与调音管的位置，当年的主题配乐也在耳畔响起。明明知道这只是一场梦，甚至可以预料接下来的发展，他却无法从睡梦中清醒过来。

最不可思议的是，此时他的意识是那么清楚，在梦幻与清醒的边界来来往往，处在混沌不明中。在虚幻与真实之间，存在着令人无法理解的模糊状态。

音效室的位置就在灯光室的旁边。音效与灯光虽然都不是戏剧的主轴，但少了它们，整出戏剧将无法展现张力，更无法挑起观众的情绪。音效在戏剧中扮演着不可或缺的角色，随着情节的进行，音效师要配合舞台导演的暗示、灯光的步调，天衣无缝地流泻出恰当的音乐；在剧情转折或特殊场景处添加必要的特效，引导出剧情的高潮，让观众浑然忘我地融入导演构思的情节里。

在这个剧团，导演对音效的要求相当严格，甚至要求演员的动作和台词必须完全配合曲目的旋律，音乐出现的时机不对，整出戏就会被破坏无遗。为了达到完美的效果，导演有时会对音效师做出不尽合理的要求。负责音效的人员在如此严格的要求下，从戏剧开始上演到结束都要严阵以待，完全无法放松。

此刻，舞台上正在排练的年轻女演员是远山最心爱的人，她正在认真地诠释得来不易的角色。这是她头一次登台，这次的表现足以影响今后的演艺生涯，因此她全力以赴。远山将自己的感情完全投注在她的身上，播音时特别慎重，将所有的精力集中在手指上。也许是过度紧张的缘故，汗水一滴滴从他的指尖渗出来。

这场戏的情节是演员随着音乐低声哼唱，远山只要按下播放键，事先录下的曲调就会从舞台正面的音箱里播放出来。

他按下播放键。奇怪的是，音箱里播出的却是完全陌生的声音。那声音异常模糊，不像音乐，也不是特效，反倒像人类的呻吟声，听起来极为阴森怪异。在明朗辽阔的场面里突然出现这种声音，的确十分诡异。录音机播放的姑且称之为音乐的声音，毫无疑问是远山亲自编辑的曲目。照理说，对在什么场合应该出现什么样的声音，他了如指掌，但是现在出现的声音出乎意料地诡谲。到底是谁在这个节骨眼插入这些怿声怪调的呢?

远山来不及细想，整个人陷入慌乱之中，接下来一个场景的音效又成了与场景完全不合的电话铃声，急切的铃声响彻剧场，局面更加无法收拾。

台上的年轻女演员经验不足，此时也慌了手脚，无法像老到的演员那样做出即兴表演，掩饰这突如其来的差错。她只能愣愣地停止表演，抬起头无助地往音效室瞧。观众席上的灯光在戏一开演时就已关闭，而为了操作方便，音效室内的灯光是亮着的，从舞台上可以很清楚地看到音效室的动静。

视力良好的年轻女演员眼神中透出责备，朝音效室望过来——看你做的好事！竟把我第一次登台表演搞成这种不可收拾的局面！

拜托！我怎么知道这是怎么回事？你要我怎么解释？我自己也是受害者啊！远山想道。但有再多的理由也说不出口，他只能僵在原地无法动弹，仿佛被铁链紧紧捆绑在座椅上。

此时，舞台上所有的演员都停止表演，观众也好奇地转过身朝着音效室看。几百双眼睛同时射向音效室，远山实在无法承受这些充满责备意味的眼光。

不是我的错，不是我的错！

远山虽然张开口，却发不出声音，心中不断地呐喊。情急之下，内心的声音竟通过麦克风大声播放出来，响遍了整个剧场。

“不是我的错，不是我的错！”

这迫切的呐喊声将所有人的责备都堵了回去，如同火上浇油，强烈的谴责气氛笼罩了整个剧场。在这些充满责备意味的眼神当中，年轻女演员投来的视线最为锐利，令远山无法招架。

当初远山与她同期进入剧团，和她一同面对许多挑战，互相勉励，不知不觉地产生了情愫。这是她初试啼声的机会，远山当然想助她一臂之力，却心有余而力不足。帮不上忙也就算了，想不到还扯了后腿。

远山一直希望她成名，如今却因为他的失误，夺走了她的大好机会。他不禁痛心得咬牙切齿。自己是那么爱她，又为她做了什么？他心如刀割，全身因恐惧而沁出汗水，从睡梦中惊醒过来。

远山一时间搞不清楚身在何处。他调整一下呼吸，望望四周，总算明白了周围的情况。镶嵌镜子的天花板、陌生的圆形大床，一位裹着浴巾的女子正坐在旁边望着他，这些景象终于让他重新回到现实。

他抬起头看到女人的脸，突然胸口传来一阵被勒紧似的剧痛，一股战栗感从后背侵袭过来，他涔涔落下冷汗。最近，他常常觉得后背和胸口有些疼痛，被一种“又来了”的不安笼罩着，觉得应该找时间让医生诊断一下。

“你做噩梦了。”女人察觉不出他的不安，反倒像看到很有趣的东西，带着揶揄的笑容望着他。

“啊，啊啊！”远山维持着仰面朝天的姿势一动也不动，如果乱动，说不定会引起头晕倒下，还是等呼吸平稳一些再说。

他战战兢兢地试着翻个身，确认没有什么大碍，才静静坐起，背对着女人，将梦与现实细细回想一遍，不禁惆怅地叹一口气。他明知道这只是一场梦，却仍然耿耿于怀。

过了一会儿，远山看着手表问那女人："我睡了很久吗？"

"大概有十五分钟吧。我看你睡着了，只好自己先冲个澡，回来看到你在床上不断地痛苦呻吟。你该不会是坏事做得太多，在梦中受到惩罚吧？"

远山浮现出一丝苦笑，把脸深深地埋在枕头里。他很清楚那女人会怎么想：一个四十七岁的男人，有老婆和孩子，还到处花天酒地，在梦中被老婆发现挨了骂，才冒出一身冷汗。事实上他没有喝醉，况且现在也不是晚上，而是午后两点，大白天，无论如何都不该做噩梦。如果现在走出饭店，迎接他的一定是十一月底的万里晴空。

远山因为工作上的机会，偷得浮生半日闲，趁着午休时间约了旧情人到旅馆缠绵一番。美食与性都得到满足之后，他连日累积的疲倦被突如其来的睡魔唤醒了，因此坠入十几分钟的梦魇。

二十四年前，当他还是二十三岁的大学生时，这样的噩梦已经重复了好几次。梦中有许多情节，譬如在剧场的音效室放出的曲子不对；或是断掉的录音带用胶带粘起来，忽然啪的一声又断掉；或是出现不合剧情的怪声。但结果都是让头一次登台的女演员面对难以应付的场面，整出舞台剧也因为音效的差错破坏殆尽。而且，都是发生在他喜欢的女人第一次上台演出之时，他播放出来的怪声毁了这场戏，也毁了她的演艺事业。

二十四年前，远山也做了同样的噩梦。当时他以飞翔剧团音效师的身份坐在音效室里，亲身体验了那类似梦境中的现实。

从那天以后，二十四年来不再出现这样的梦，为何最近又开始出现了呢？他自认为知道原因。大概在一个月以前，他忽然接到M新闻社一位姓吉野的记者打来的电话，现在名片夹里还有一张吉野的名片。

M新闻社横须贺分社　吉野贤三

那天午后，远山用过午餐回到公司，便听到电话铃声响起。远山拿起听筒，对方立刻说了他的名字和他一九六五年曾经加入飞翔剧团的事，并且自我介绍一番。停顿了一会儿，对方说：“是这样的，我想请教您几件关于山村贞子的事情。”

远山至今仍记得，吉野当时努力压抑着焦躁的情绪，用有如溺水待援的人一般急切的语气说话。从素未谋面的人口中听到“山村贞子”这个让他怀念不已的名字，难怪他会深刻地记住对方的声音。这段他只能在内心偷偷想起的回忆，想不到竟然从第三人嘴里说出来。

每当远山想起贞子姣好的脸庞，胸口总是被勒紧一般心跳加速。他意识到，如今心里的伤痕还没有痊愈。

他答应和吉野见上一面，对方希望和他当面谈一谈山村贞子的事，这也是远山感兴趣的话题，两人约定在公司附近赤坂的一间咖啡厅见面。吉野果然是老派记者的作风，不时捻着络腮胡，企图用殷切的眼神唤醒远山久远的记忆，所有的话题都围绕着山村贞子失踪前后打转。

“一九六六年，飞翔剧团最后一次公演之后，山村贞子就失去音讯了吧？”吉野迫切想知道山村贞子离开剧团以后的消息。他虽然不急不徐地提出问题，但从说话的语调和表情可以看出他对山村贞子深切的关心。

山村贞子的消息，远山不可能知道，他才想知道贞子的消息呢。如果知道她的行踪，他的人生应该和现在完全不一样。他很清楚自己再次做那个噩梦的原因，很可能是从吉野口中听到山村贞子的名字，唤醒了他的潜意识。

2

走出饭店，阳光刺眼地射进远山的瞳孔，他几乎睁不开眼睛。也许是刚才在旅馆里的行为让他深感心虚，因而格外在意这强烈的光线。

在这晚秋时分明亮温暖的午后，远山清楚地感受到，这秋高气爽的季节即将结束。

远山快步走在人行道上，趁着人少时握住女人的手，压低嗓门说道：“我们在这里分手吧。”

“你现在要回公司吗？”女人一派天真地问道，轻轻地摇晃被远山牵着的手。

“是啊，一堆工作等着我呢。”

“你每次都这样，在这个地方永远待不住。”女人用另一只空着的手，快速地握了一下远山的下体。

远山想，是时候了，他已经不再年轻，刚才那种胸痛不知道还会发作几次，谁也不敢预料什么时候会陷入危险。

“再联系吧。”远山用唇做出亲吻状，随即转身离去。走了几步，他再回头看，发现女人的眼神透着眷恋，依依不舍地看着他的背影。远山再一次对她挥手，飞快地从乃木坂穿过一条林间小道向前走。他说工作堆积如山并非谎言，确实有很多工作等着他回去完成。

大学三年级，远山突然下定决心要成为剧作家，于是进入飞翔剧团的文艺部门实习。但是剧团里已经有许多优秀的剧作家和著名导演，根本没有发挥才能的机会，于是他回到音乐系慢慢地学习，比同班同学迟了一年才毕业。

毕业以后，远山在一家唱片公司担任导演，他将在剧团担任音效师的经验应用在工作上，不想发现这个工作十分符合自己的兴趣，简直是天职。进入摄影棚录音，远山一点都不觉得辛苦。除了和上司开计划会议时有些厌倦，他与舞台剧演员接触时不但没有压力，还深切地感受到了成就感。

当时整个音乐界处在前所未有的繁荣景象中，远山不管身在哪个领域都可以遇到相当大的挑战。优厚的待遇不用说，工作之余想出去玩的时候，也不愁找不到玩伴。即使必须在公司加班，也多半是不需要劳力的工作。远山难以置信自己碰到这么好的时机，有这么好的际遇。除了身体有点不舒服以外，他生活中事事顺遂，并没有什么烦恼。

但是，打从他在吉野口中听到山村贞子的名字，便开始梦到贞子。一时之间，他内心大乱，不知道该从何想起，因为山村贞子是这一生之中，唯一使他心动的女人。

他第一次婚姻失败后，第二次婚姻总算安定下来。有了下一代以后，日子便在娇妻和幼子的围绕中变得十分充实。即使如此，他还是经常有“如果……”的幻想。

如果和山村贞子结了婚，会如何?

如果地球毁灭的那一天到来，会和谁一起度过?

如果人生能够重新来过，会和谁一起过?

如果一生当中只能和一个女人发生关系，她会是谁……

不论是哪一种假设，远山的答案都是“山村贞子”。如果她忽然出现在面前，并且愿意接受他，他愿意抛弃一切与她共度余生。只要能再次触摸她白皙的肌肤，即使立刻失去性命，他也在所不惜。

“我非打个电话给吉野记者不可。”远山想。如果今天能将工作处理好，明天——十一月二十七日会空出很多时间，即使要走一趟横须贺，他也不嫌麻烦。

与其在公司打电话引人侧目，倒不如到外头打公用电话。远山拿起名片和电话卡，走到人行道尽头的电话亭，按下了M新闻社横须贺分社的号码，接电话的人正是吉野贤三。

上一次那个电话是毫无心理准备时接的，远山被约出来时，自始至终都被动地回答有关山村贞子的事。

也许当时吉野有急事在身，对远山提出的问题都含糊其辞地回应，而且一直紧盯着他问个不停。问不出所以然来，吉野便毫不犹豫地起身离去，留给远山满腹疑云。他觉得吉野这个人未免太自私，而且做事欠周到。

为何 M 新闻社的记者到处打探山村贞子的消息呢？这个单纯的疑问一直在远山脑海里打转。他直截了当地询问吉野，温和地说，希望再见一面，好了解详细情形。他还礼貌地表示，如果有必要，他可以亲自到横须贺一趟。

吉野在电话那头说“那倒不必了”，他简单说了下明天的行程：昨天新闻社的同事在品川的医院病逝，他明天到品川参加葬礼，葬礼之后有一个钟头的时间可以和远山见面。“明天下午四点，我在京滨急行线新马场站的检票口附近等候。”

远山确认了见面的场所和时间，记在笔记本上。

3

这是个乍寒还暖的初冬，夕阳西沉得特别快。午后，天空仿佛被雾气凝住似的，很快便暗了下来，四周陷入黑暗，空气也更加冷冽，已经透出浓郁的初冬气息。

不知道是不是自己神经过敏，和吉野打过照面，远山觉得他比一个月前更憔悴。或许是他刚参加完年轻同事葬礼的缘故吧，比自己年轻的人却早早去世，这种事通常会使人心情消沉。

远山是头一次在京滨急行线的新马场站下车。往东边走会看到运河，再往前走应该是南北走向的海岸线。路边是一条冷清的仓库街，还可以听到东京湾里此起彼伏的船舶汽笛声从头顶传来。

远山和吉野一起走到海滨公路上的咖啡店。刚点了咖啡，连招呼还没有打，吉野的传呼机就响起了，他随即走向角落的公用电话，一副新闻记者的姿态，将话筒夹在肩膀和耳朵之间，熟练地拨电话号码。

“什么？你说发现高野舞的尸体了？”吉野音量不小，话语传入远山的耳中。

高野舞……远山头一次听到这个名字。这个陌生女人的名字一点也引不起他的兴趣，他原本不打算仔细听，后来吉野说出山村贞子的名字，才吸引了他的注意。

吉野稍微弯着背对着话筒，毫无顾忌地扯开嗓门说话，原本透露着沧桑的面容，现在因为重新出现线索而精神抖擞，流露出一般新闻记者的干劲。“三天前……地点是……东品川……什么？不就在附近吗？有时间的话我可以到现场……啊！哪里？我是问你，到底是司法解剖还是行政解剖啊？好！我知道了……是这样啊！死后九十个钟头。什么……死前有生产迹象？脐带？真的假的？那婴儿呢？……咦？不见了？消失得无影无踪？”

远山听着听着，大概可以理解整个情况。三天前在这附近发现一具女尸，死者的名字叫高野舞，经过解剖后，法医发现她在临死前曾经生下一名婴儿，而且婴儿行踪不明。这好像是一起骇人听闻的凶杀案件，但毕竟是别人的事，死者是谁，怎么死的，都与远山无关。就算这个女人在死前生下了什么，也和他没有关系。不过奇怪的是，那女人生产后，婴儿竟然消失得无影无踪了……即使不关自己的事，远山的神经也开始紧绷。

高野舞这个名字，远山虽然是第一次听到，但为何有一种刻骨铭心的感觉？他的脑海里马上勾勒出一幅画面：一具开始僵硬的尸体旁边，有一个活生生的生命，婴儿跨过母亲的尸体独自离去。远山忽然一阵寒战，“高野舞生产事件”带给他一股强烈的直觉，暗示他已经不能置身事外。从吉野口中说出的片段已经形成一幕具有真实感的景象，浮现在远山的脑海里，就像曲子的片段经过编辑，变成一支流畅的乐曲。

远山仰起头闭目养神。电话的声音中断了，过了一会儿，他睁开眼睛，只见吉野已经回到座位上。

吉野去打电话的这段时间，给远山一种非常突兀的不可思议感。在这几分钟内，远山觉得自己仿佛被人拎起胳膊，砰的一声扔进异次元空间里，十分迷惑。

“你怎么啦？”远山满脸惊讶与虚脱相杂的表情，吉野担心地开口询问。

“没什么。哦，对了，是不是发生了什么惊人的事件？”远山稍微调整一下姿势，深吸一口气问道。

“到底是不是意外事件，目前还不知道……听说在大楼楼顶发现一具年轻女尸。”

“这附近的大楼吗？”

“是的，在东品川大楼屋顶上的排气沟里，是很深的排气沟。不知道为什么会在这种地方发生事故。”

“是他杀吗？”

“可能性不大，大概是意外吧。”

“我不是故意偷听的，但是刚才我听到你说，死者临死以前有生产的迹象……”

吉野瞄了一下远山的脸，露出耐人寻味的笑容，那眼神仿佛在问：为什么你只对从电话听来的片段感兴趣？

“一切都还不能确定。年纪轻轻就发生这种事，真是可怜啊。还是个头脑聪明又漂亮的女孩子，更加令人惋惜……”吉野把脸扭向一旁，摸着胡子努力思索着，脸上露出百思不得其解的表情。

远山听出蹊跷来，灵机一动便问：“这个叫高野舞的女孩，是不是您认识的人？”

吉野很快地摇头。“倒不是直接认识，我只见过她一面。她是今天举行葬礼的往生者——也就是我的同事浅川的朋友。”

远山窥见吉野脸上明显露出不安，该说比不安还要恐惧。“两人的死都是偶发事件吧？”

远山说完后，才发觉他提出的疑问带给吉野更多的恐惧。同事猝死，曾经见过面的年轻女子也因为不明原因死亡，虽然不知道是不是刑事案件，但很容易将这两件事联系在一起。

吉野的眼睛忽然快速地转动，拼命地思索什么，随即又露出否定的神色。

“是啊。所以……山村贞子的事……”看来吉野的思索徒劳无功，便一下子将话题转向山村贞子身上。

上一次见面时，远山已经毫无保留地回答有关山村贞子的问题，吉野觉得再也无法从他身上问出什么来，谈话便匆匆结束，留给他满腹的疑惑。这次远山可不愿意重蹈覆辙，准备掌握谈话的主导权。为什么这位新闻记者到处打听山村贞子的事？他知道多少山村贞子的事？他的来意是什么？

“这次你应该告诉我了吧，为什么你要打听山村贞子二十四年前的消息？”远山单刀直入地问。

吉野和上次一样抱着头，露出迷惘的神情。“……其实我也不太清楚。”

远山无法相信。大报的资深新闻记者煞费周章去打听一个许久前出现在大都市某个角落的女人，苦苦追溯二十四年前的往事，却说不清目的为何，谁会相信！

“请您认真回答我的问题！”远山无法平息心中的愤怒，露出微愠的神情，一个字一个字地说。

吉野只好两手一摊，说道：“好吧，那么我就老实说，我们社出版部有个记者叫浅川和行，他为了调查一起案件，需要山村贞子的信息，但是浅川有其他的任务无法抽身，所以托我调查二十四年前山村贞子的所有资料。”

“什么案件？”远山将身体前倾，继续问下去。

“关于这个嘛……浅川隐瞒了全部的内容，想不到碰上车祸失去意识，于前天死亡。他为什么非要得到山村贞子的信息不可，谁也不知道。”

远山为了辨别吉野话中的真假，深深地看了他一眼。他解读不出说谎的成分，但仍然觉得吉野隐瞒了一部分实情。

远山暗自忖度着吉野找到自己的经过。吉野首先拜访飞翔剧团，得到相关资料以后，再锁定一九六五年二月入团的学员，当初入团的试题至今仍被剧团事务所保留着。同一期团员应该有八个人。吉野想必是通过这些人找出山村贞子的消息。他应该不会只向我一个人打听吧。

“其他的人，你都打听过了吗？”同一期团员除了山村贞子以外，他印象里只有两三个人，和这些人早就没有来往了，连他们在哪里都不知道。

“一九六五年进入飞翔剧团的人，现在联系得到的，包括你只有四个人。”

“你的意思是说，除了我以外，另外三人你都联系过了？”

吉野用力地摇摇头。“只用电话联系过。”

“和谁谈过了？”

“饭野、北岛和加藤。”

他们的面孔迅速地浮现在远山的脑海里。沉睡在记忆深处的人物，脸部的轮廓逐渐清晰起来，每个人都是刚满二十岁的样子。

饭野这个姓，远山早已忘得一干二净。他是个不爱说话的人，擅长演哑剧，很得前辈女团员的疼爱。

北岛个子小小的，长相并不吸引人，说台词的功夫却是一流，在团里经常被派作旁白，听说他也默默地爱恋着山村贞子。

加藤，她的名字应该叫惠子，由于名字不够响亮，重森导演为她取了一个很特殊的艺名“龙宫友娜子”。惠子是个脸蛋十分漂亮的女孩，但是她无意争取第一女主角的荣耀。拥有主宰权的导演亲自为她起艺名，反而给她造成莫大的压力。无法拒绝，却又左右为难，这种心境在她脸上表露无遗。每当大伙一起饮酒作乐，都会拿她的艺名开玩笑，害得她每每为了争辩几乎要哭出来。远山的印象十分深刻。

事实上，真正想要一个艺名的是山村贞子。“贞子”这个过于传统的名字和她具有现代感的漂亮脸蛋格格不入，而且导演突然决定让她在舞台上独挑大梁，照理说应该有一个响亮的艺名，但是重森却让她用本名首次登台，让她深感遗憾与不解。

过了一会儿，远山不再沉浸在对年轻时代的感慨中，对吉野提出疑问：“你只是打电话给饭野、北岛、加藤三人吧？”他故意要让吉野听出弦外之音：为何只和我当面谈话呢？

“我也是事先用电话联系您啊。”

“我知道，但对他们三位，你是在电话里完成采访，为何只需要和我当面谈？”

吉野并没有马上回答，反而带着一种“意在言外”的表情盯着远山看，好像在说“那还用说吗”。他的脸上带着几分无奈。

“难道您不明白吗？那三个人都说您和山村贞子有特殊关系啊。”

远山顿时失去力气，整个人瘫在椅背上，一抬头就可以看到天花板。

“原来是这样，大家早就知道了。”

当时大家都是剧团的成员，然而面对要好的同一期伙伴，远山刻意隐瞒了他和山村贞子之间的感情。但是，事实逃不过大家的眼睛，而且经过二十四年，他们还记得这件事，可见这一定令人印象深刻。远山感到意外：一定是山村贞子特殊的行事风格，使大家好奇自己和她的关系。

“不知道您愿不愿意告诉我。”

远山收起下巴，视线低垂，刚好迎上吉野充满好奇的眼神。这家伙又在打什么如意算盘？

“告诉你什么？”

“为什么山村贞子在一九六六年的春季大型公演结束后，忽然消失得无影无踪呢？您应该知道吧？”

吉野一定认为他和山村贞子关系匪浅，不可能不知道她失踪的事，起码可以说出她为何失踪。吉野像一头饥饿的恶狼，贪婪地直逼过来。

“开什么玩笑？”可惜，远山并没有任何信息提供给对方。为什么山村贞子不告而别？如果他知道的话，这二十四年来应该活得更朝气蓬勃。

“对了，我给您看一样好东西。”吉野找了一下公文包，取出一本剧本，破损的封面上印了题目。

飞翔剧团

第十一回公演二幕四景

“穿着黑衣的少女”

编剧／导演　重森勇作

这是一本用钢版誊写后印刷，再简单装订的正式公演剧本。远山伸手接过发黄的剧本，打开内页的刹那间，隐约飘来一阵许久以前的令人怀念的香味。

“这东西你是怎么找到的？”远山脱口而出。

“这是我向剧团事务所借来的，向他们保证一定归还。一九六六年三月，山村贞子参加了这次公演，表演结束后随即失去踪影。到底发生了什么事？我觉得和剧团的公演应该有关联……”

“你都看过了吗？”

“当然，但是这种演戏用的剧本，我就算看了也不懂。”

远山翻阅了一下，二十四年前他也有一本相同的剧本，应该放在书架上，但是经过第一次结婚和离婚，后来又搬过一次家，已不慎遗失了，现在就算在房间里埋头找也找不到。

第一页里记载着工作人员的名字。

音效师——远山博

发现自己的名字在上头，远山的心里涌起一股莫名的冲动，仿佛面对着二十三岁的自己。接下来是角色的名字。

穿着黑衣的少女——叶月爱子

但是叶月爱子的名字被斜线划掉，旁边用圆珠笔另外写上山村贞子的名字。掌握故事关键的重要人物并没有使用艺名，虽然那是个重要的角色，但是出场的次数很少，因此在剧情安排上，只要她每次出场，就要带给观众强烈的印象。这个角色原来是由剧团的中坚女演员叶月爱子担任，但是就在公演的前几天，叶月爱子忽然病倒，原本担任提词任务的山村贞子便得以顶替上台，这次的演出是她的处女秀，是因为临时发生意外，必须换角。可是回想起来，远山愈发觉得重森是在山村贞子的刺激下写出这个剧本的。

远山一开始并没有联想到这些，但是想到山村贞子所饰演的角色的特点和她本人不受岁月侵蚀的容貌，便更加肯定重森一开始就有意让她演出这个角色。这完全是为她量身定做的，穿着黑衣的少女简直太符合山村贞子的形象了。

他继续翻阅着。剧本是导演重森的作品，导戏的笔记和提醒演员的注意事项都用细小的文字，写在一行行台词与演员应注意的表情和动作之间。甚至什么时机该发出什么样的声音，都详细记载着。

M1——主题曲

剧场的幕布升起，舞台中央放着设计好的家具，随着投射进来的灯光，舞台上的客厅渐渐亮了起来。

……

……

M5——

远处传来教堂的钟声，和谐的钟声混合着拥挤嘈杂的声音和人群杂沓的喧嚷。

这是穿着黑衣的少女初次登场的场景。随着音效扬升，她在舞台上仅仅出现一瞬间。远山无意识地用右手食指敲了一下桌面——按下播放键。录音带转动着，开始发出声音。与音效同时出现在舞台上的，应该是一位身穿黑衣的少女……这是不吉的征兆。

并非所有的观众都看得到贞子的身影，坐在偏僻死角的位置很难看得到她；即使她站在舞台正中央，也是有些人看得见，有些人看不见。但是以戏剧的要求来说，这样的效果恰恰好。

“贞子……”远山情不自禁地呼唤着她的名字。在他的脑海里，山村贞子的身影历历在目。当时她十八岁，这是他一生当中唯一动情的至爱，直到现在，都对她无法忘怀。

4

1966 年 3 月

飞翔剧团第十一次公演的排演日，远山把自己关在音效室里进行最后的调整，明天是公演的第一天，必须仔细检查录音带和均衡器是否有误。远山愉悦地吹着口哨，独自操作眼前这台控制器。

结束了长达两个月的排练，团员们终于正式移到小屋剧场表演了。撇开正式上演前的紧张不提，绝大部分的人还是既兴奋又喜悦。

排练时，导演重森经常坐在远山旁边，对音效提出很琐碎的要求。如果远山没有按照他的话一字一句忠实地执行，一阵怒骂马上排山倒海般扑过来。这位导演无法忍受音效快慢一秒或音量有细微的不同，因此远山每天都紧张得胃痛如绞。相比之下，小屋剧场的音效室像座独立的小城，导演很少到这里来，只要音效出现的时机没有误差，就不会招来导演太多的注意或责备，因为演出一开始，导演的注意力就完全转移到舞台上了。到了小屋之后，导演对音效的要求出现了一百八十度的大转弯，让远山颇为费解。

在音效上出现错误的噩梦，远山不知道做过多少回了，不可能不把这件事放在心上。但是比起导演带来的压迫感，这些噩梦又算得了什么？他相信噩梦不会变成现实。

从观众席大厅上了螺旋梯，马上可以看到灯光室，再往前一点，就是远山工作的音效室。演员休息室和舞台之间没有通道直接相连，因此演员往来于休息室和后台，必须走出大厅，再登上楼梯。幸好休息室里有对讲机，大伙可以用对讲机和后台取得联系，否则每一次联系时都要从观众席进出，未免太麻烦了。

公演开始以后，重森对音效不再那么关心，可能和音效室的位置有关吧——在排练场时，音效师的座位紧邻导演席，方便导演随时过来察看，便造成了无形的压力。

剧团的工作人员在中午前整理好上场所需的道具，午后将其安排在适当的位置，到了晚上就可以穿上戏服进行彩排了。在音效方面，远山的工作相当轻松，只要搬运录音机就可以了，不必像布景组人员那样辛苦地把重物搬到舞台上。

远山抬起头看着缓缓变化的舞台，透过隔音窗望去，舞台布置逐渐完成。看着许多人同心协力完成一件作品是件很有意思的事，让人觉得长时间排练的辛劳得到了回报。远山相信，要上台表演的演员就算没有特别的工作要做，正悠闲地在后台休息，也一定和他有同样的想法。

拿了晚餐的便当，远山设定好曲子，备妥特殊音效的录音带，将声音的顺序做了彻底的确认之后，自认为不会发生问题，静待彩排开始。

彩排过后，导演向大家提醒几个简单的注意事项，然后就解散了。

远山忽然觉得背后有人走进来，回头一看，只见微微开启的门口站着一位少女，但是音效室里的灯光暗淡昏黄，无法看清楚少女的面孔，于是他起身将门打开。

“原来是你啊，贞子。”

远山伸手拉住面无表情的山村贞子，将她带进音效室，顺手把门拉上。音效室必须具备隔音效果，因此大门通常沉甸甸的。

远山等待贞子先开口，但是贞子依旧沉默不语，只是远远地凝视着他身后快完成的舞台布置。此刻舞台上的工作人员正在搬运客厅的道具，导演重森则在一旁指示适当的位置。

“我好怕！”

这句话大约是新人初登舞台前紧张的心声。

贞子从伊豆大岛的高中一毕业，马上到东京来发展，不到两年的时间，就以飞翔剧团团员的身份登上舞台，可以说是前所未有的纪录，难怪她会紧张不安。更何况八位同期入团的团员中，能在这次的公演中正式登台的只有她一个人。

“没关系，我会在这里帮你加油。”远山鼓励她，可是贞子却摇摇头：“不是的，我不是这个意思。”

原本一直望着舞台的贞子，此时以空洞茫然的眼神盯着转动的录音带。那是一卷没有录任何内容的空白带，远山检查完之后，并没有按下停止键。这时，远山将带子按停，再按倒带键。“第一次登台时，每个人都会紧张。”

带子倒转时，远山仍在鼓励着贞子，贞子却说出了令人惊讶的话：“这盘带子里是不是录了女人的声音？”

远山不禁笑出声来。他从来没有单独录下一个人的声音，尤其在舞台上，当演员念台词的时候，如果再插入一个人的声音，岂不是干扰演员的表演？

“你在说什么呀？”

“大久保说的。刚才你检查音乐带时，他的表情很怪异，好像在害怕什么。他说带子里有一个女人的声音，而且好像在哪里听过，我才会……”

和远山他们同一期的大久保是个多才多艺的人，但是他太在意自己矮小的身材，产生了强烈的自卑感。他也暗恋山村贞子。

“我知道了，那应该是群众的喧嚷声，那是你一登上舞台时播放的背景音乐……”喧嚣的背景音效是从某一部电影中录下来的，众人喧闹的声音混在背景里，照理说不会出现单独的声音，但是有些人就是会陷入错觉，对某一种声音特别敏感。

“不，不是那个地方。”贞子马上否定了，她的语气认真而强硬，远山不得不认真起来。

“你知道是在哪一个场景吗？”只要知道是哪一个场景的音效，用耳机一听，马上可以检查出来。如果真的掺杂了不明的女人声音，必须处理掉。然而远山觉得连这种意外都不可能发生，在排练期间，他不知听过多少回录音带，编辑的时候也用耳机重复听过，这样仔细地检查再检查之后，绝不可能有怪声插入。

“大久保还说了一些奇怪的事。对了，舞台后面不是有一个小神龛吗？”

“大部分的剧场都有神龛做摆设。”

大久保一定对贞子说了一些古怪的话。剧场里通常设有神龛，因此也容易流传灵异故事。也许是剧场这种地方在布置大道具和舞台布景时，经常有人受伤或发生意外；又或许是演员之间长久的怨怼令人胡言乱语。如果是大久保对贞子灌输无中生有的事，贞子所说的带子里有怪声就是无稽之谈。

“不，我是指另一个。”

“另一个什么东西？”

“神龛。”

远山不止一次看到，舞台右侧深处的水泥地那儿有一座神龛，贞子却说还有另一个。

“在哪里？”

站在门口的贞子举起左手，缓缓地指了一下。她指的地方是音效室中央，桌子的阴影下，从远山坐的位置看不到，但她这个举动却让远山背脊蹿起一股凉意，不由得跳起来。这个房间就像远山的城堡，他自认为清楚这里的一切摆设，怎么可能有一座神龛呢？

“呵呵……把你吓了一跳？”

“别吓我好不好？”再坐下来时，远山觉得椅子表面和自己的心情一样，是冰凉的。

“喂！你看，就在这里。”贞子拉着远山的手将他带离椅子，坐到装饰柜前面。就在离地面十厘米高的地方，有一组从中间向两边开的门。贞子望着远山的脸，又转头看看装饰柜，用眼神示意远山，打开来看看。

远山万万没有想到，在这种地方居然还有一个小空间，这是个边长为五十厘米的四方形，门没有把手，很容易误以为墙壁的一部分。用指头按一下门的中间，门就轻轻地弹开来。

远山原以为里头放的是旧录音带或电线之类的杂物，但并非如此。它是个分成上下两层的金属架，上方放着贴上标志的录音带盒子，排成上下两排，应该是剧场以前录制的旧带子。问题是下面的架子上放着一个小小的木盒，这就是贞子说的看起来像神龛的东西。远山只不过打开一道正方形小门，音效室的气氛就完全改变了。平常工作的桌子旁边，忽然出现一个异样的空间，他无法判断这是不是错觉。就在这时，一股腐肉味扑鼻而来，但他已经弄不清到底有没有臭味了。

远山和贞子一同端坐在神龛前面，神龛前摆放着供品。一开始，他们俩只觉得那是一小截晒干的牛蒡，差不多有小指的第一节那么长，已经失去水分，皱巴巴地缩在一起。贞子毫不犹豫地捏起那一小截东西，像放糖果般放在远山摊开的手掌上。

远山无奈地一面观察，一面思索这到底是什么东西。突然，贞子好像想到什么似的，将鼻子凑近那个东西用力闻。就在这时，一个念头闪进远山的脑海，脑中也响起一阵女人的低语声："啊！生出来了。"

这一瞬间，远山明白了：脐带，这是婴儿的脐带，一定是很久以前被切断的脐带。

一刹那，远山从神龛前往后倒退几步，将手掌上的东西往贞子身上一扔。贞子用手接住脐带，平静地自言自语："果真像大久保说的一般。"

远山不愿在年轻女孩面前出丑，于是慢慢地调整呼吸，故作镇定地问："大久保说了什么？"

贞子将脐带重新放回神龛前，然后说：“他说录音带里有女人的声音，那是一种呻吟，就像在生产一般痛苦地呻吟。大久保还说那是女人生小孩的声音。”

远山错愕得不知道该如何回答。贞子听到如此诡谲的事，却冷静得像什么事也没发生，似乎有蹊跷。

就在这个时候，对讲机中传来导演的声音：“好啦，开始彩排，演员和工作人员各就各位。”

远山有一种获救的感觉，平常最不爱听的声音，如今却像神明的呼唤般令人期待，还隐含着一股足以将他拉回现实世界的强大力量。贞子也必须马上回到舞台上，不能在这里闲聊了。

“终于该你出场了，加油！”远山喉咙干燥，发出的声音嘶哑粗重。他用右手推着贞子的背，催促她往舞台方向走。贞子有点不情愿地扭过身子说：“那回头见哦。”

远山看着贞子妩媚又甜美的表情，仿佛看到一个女演员的成长。他忘我地盯着贞子一步步走下螺旋梯。比他小五岁的贞子在他眼里曾经是个可爱的少女，她蜕变成女人之后，其实还留着少女的天真烂漫，他就是被贞子这种多重的风情吸引，暗暗地爱恋着她。

既然这是和正式演出一样的彩排，录音带势必要从头到尾播放完毕。如果真像贞子所说，带子里有奇怪的声音，这次彩排倒是个确认的好机会。远山戴上耳机，在放音部分集中注意力，却无法不在意摆在身旁的神龛。

导演还没有发出开始的信号，场内的灯光已经变暗，只有桌子一端的一盏灯朦胧地照亮整个音效室。远山用眼角瞄了身旁的神龛一眼，发现装饰柜的小门正半开半合，也许是刚才打开时没有将它合拢。

女人临盆时的痛苦呻吟，哪有这种事？远山戴着耳机，缓慢移动身体，他用脚尖使劲推一下装饰柜的门，仿佛在告诉自己："没什么好怕的，不是吗？"

喀嚓一声，小门应声关上了。但是在那喀嚓声响起的同时，远山隐约听到有个细微的声音压在关门声之上，那是一种微弱的婴儿的叫声，分辨不出是在哭还是笑，或许是刚出生不久的幼儿啼哭的声音。远山赶紧将视线移到录音带上，带子还没有开始转动。

终于看到导演做出手势了，彩排的幕布降了下来，这时远山应该立刻播放开幕曲，但他的手一直在发抖，无法控制地滑离播放键，错过了适当的时机。发生了这么严重的失误，谢幕后铁定会被导演臭骂一顿，但是对远山来说，这已经不重要了。

按下播放键！远山强迫自己伸出发抖的手，使尽全力完成这个本不费吹灰之力的动作。

嘹亮的开幕音乐响起，婴儿的哭泣声被彻底地掩盖了。远山冒着冷汗，思考下一段音乐的播放时间。就在此时，一股柠檬般的淡淡清香蹿入他的鼻孔里。

5

演完一幕以后，除了表演有缺点的演员继续留在舞台上训练以外，剩下的人可以休息二十分钟。远山担心导演责备他刚才播放开幕曲时太慢，于是战战兢兢地待在音效室里，不敢离开一步。但是等了一会儿，导演并没有说什么，他才暂时离开。

远山下楼到观众席大厅，经过商店柜台，朝后台通道快步走去。他心想：在这么短的时间里，不知道能不能找到大久保问出个所以然来。

远山冲进后台的休息室里，没见到大久保的身影，于是问正面对镜子练台词的前辈："对不起，请问你知道大久保在哪里吗？"

那位前辈暂停练习，筋疲力尽地说道：“他在帮有马先生提词，我想应该在舞台左边。”

“谢谢你。”

远山正想从休息室走出来，不想差点和一个人撞个正着。他抬起头一看，只见大久保夸张地斜过身子和自己打招呼。

“啊！对不起。”大久保故意模仿英国绅士夸张的语气，举止动作和说话方式都带着舞台剧风格。他和远山的年纪差不多，两人在剧团里共处的时间也较长，交情虽然不坏，但是远山对大久保做作的态度曾经十分厌恶。此刻他只能苦笑，拉着大久保的袖子说道：“我有话想问你。”

“发生了什么事？”大久保没有惊讶，反倒笑眯眯地问。

“你先坐下来再说吧。”

远山和大久保把镜子前的椅子拉近身边，面对面地坐下来。个子不高的大久保一坐下来便显得有些渺小。他挺直腰杆时，英姿勃发，无可挑剔，因此任何时候都保持挺拔的身姿，极少摆出慵懒的姿态。谁都看得出来，他是为了弥补身材矮小的缺点。

以前大久保待在远比飞翔剧团具有传统风格的著名剧团，进入那个剧团相当困难，这一点让他引以为傲。然而入团后，他却苦无发挥的机会，才沦落到加入飞翔剧团，这种不顺的际遇让他无法释怀，只好以个子矮小的理由来安慰自己。远山明白，大久保的自尊心和自卑感两种心态在作祟，他才常有滑稽又夸张的言行举止。

休息时间只有二十分钟，远山单刀直入地问："你是不是对贞子说了一些奇怪的话？"

"你是指很不入耳的话吗？我不记得说过什么奇怪的话。"大久保毫不心虚地回答。

"我不是在责怪你，只是觉得有些事很怪异。"

"能不能说给我听听？"

"我负责调控音效和播放曲子，在意这件事是很正常的，希望你能如实回答。贞子说的话是不是真的？在录音带里出现过女人的声音吗？我的意思是，出现了女人快要生产时的痛苦呻吟？"

大久保两手一拍，笑着说道："什么？女人临盆前的呻吟？别开玩笑了，女人发出呻吟声，是与男人共享性爱的时候吧。那个时候女人不是都会发出叫声吗？贞子未免反应过度了吧？"

"原来你是在开玩笑啊。"

"才不是开玩笑哩。"大久保又哈哈大笑，自得其乐。到底是什么事情让他如此兴奋呢？

“请你正经一点，其实我也听到了。”

“听到什么？”

“婴儿的哭泣声。”

大久保深吸一口气，露出异样的神情，靠近远山问道：“在哪里？”

“音效室的耳机里。”

“哎呀！哎呀！”大久保一听，便将脸挪开些，故意一脸惊讶地继续说，“这么一来就吻合了。如果你听到的是孕妇临盆前的呻吟声，那不是很合适吗？”

接着，远山想起供在神龛里的脐带。

“这下可弄假成真啦。”大久保以一副幸灾乐祸的口吻说。

“请不要再说那些莫名其妙的话，干脆从头到尾明明白白地说出来吧。你到底是怎样对贞子说的？”

“贞子是我们同期同学的希望，她的美貌又深得导演的欢心，将来必定是大明星。但是她头一次登台表演，显得非常紧张，我看在眼里，觉得她挺可怜的，希望帮她舒缓紧张的情绪，才说一两个鬼故事给她听。”

焦躁的远山郑重其事地问：“实际上，你并没有听到带子里有女人的声音？”

“啊，根本没听到。”

“还有一件事，你怎么知道音效室里有一个神龛？”

“音效室里有神龛？”大久保大声叫着，啪啪地连拍了两次手。他把眼睛闭起来，垂下头，口中念念有词地念起经来。

平常看到大久保做出这种怪异的举动，远山还能忍受，可是今天他没心情开玩笑，心中不由得升起一股厌恶。他一边叹息一边慎重地说：“是啊，这样大小的一个神龛。”并比画了一下尺寸。

“在下从未进过音效室。”

“你从别人那里听来的？”

“如果你是指舞台右手边的那个神龛，我每天都对它膜拜。”忽然，大久保若有所悟地拍了一下手说，“我知道了，这么说，就表示我并没有对贞子提起神龛的事。”

“不管你有没有说，在音效室里有神龛都非常不可思议。”

看来大久保真的不知道神龛的事，为什么贞子知道那里有神龛呢？大久保看起来并不像在说谎……远山不禁陷入了深思。

大久保说录音带里有女人的声音，让贞子感到害怕。其实这种谣传无论哪个剧场里都有，大可不必为这种事生气。大久保说，他听到的是女人的叫床声，因此告诉贞子那是性行为中发出的声音，可是贞子为什么要说是临盆前的呻吟声？

难道只是单纯的误会吗？神龛前供奉脐带这件事，也未免太巧合了吧？远山想起耳机里传出的微弱的婴儿哭泣声，他耳边还余音荡漾，挥之不去。

这时，远山忽然想起必须在第二幕开始前赶回音效室，但是他并不想独自进音效室，宁愿继续待在明亮的休息室里。

“对了，贞子现在在哪里？”远山用空洞的眼神四处张望着，问。

“喂，你在说什么啊？到底有没有认真看戏？导演让她留在舞台上，做特殊训练呢。”大久保忽然改变演戏般的做作态度，一本正经地说。

远山竟然忘了第一幕才结束没多久。他刚才在音效室里看到被导演指定的演员全站在舞台上，贞子也在那里，正在接受导演重森的指正。连远山都感觉得到，重森对贞子的关怀有点异常。排练时曾看到他对贞子现出爱恨参半、欲哭无泪的表情，让远山十分惊讶，因为重森从来没有流露过如此深情款款的神情。重森在剧团里拥有绝对的权力，女孩被他看中，就等于必须被迫与他发生肉体关系。这是深爱着贞子的远山最不愿意见到的事。

就在这个时候，对讲机传来重森的声音：“好！该进入第二幕了！各位都准备好了吗？”

从休息室到音效室有一段距离，远山急急忙忙地走出去。大久保在他背后喊道："喂！远山，音效室里的对讲机不要开着，否则你说的话都会传到休息室来。"

远山回头一看，大久保一边叮嘱着，一边比了个胜利的手势。

远山走回音效室，仔细思考大久保的话：在音效室里谈话会传到后台？对讲机的开关除了必要时刻以外，都是关着的，应该不会有失误。难不成我说的什么话传进了后台休息室里，被别人听到了？

6

从休息室走到大厅，远山脚下的感觉忽然改变了。原本后台休息室外的水泥地走廊上铺的是长毛地毯，可是远山踩在脚下，觉得竟然又硬又冷，触感十分怪异。他走到观众席的大厅时，才觉出踩在地毯上的柔软感。短短的一小段路竟有如此大的差别，令他十分纳闷，心里不免有些毛毛的。

明天是飞翔剧团第一天公演，大厅里将挤满数以千计的观众，远山想象着明天人头攒动的盛况，加快脚步通过大厅，爬上矗立在一旁的螺旋梯。

此时，他隐约听到两个人在窃窃私语。没错，是一个男人正在和一个女人对话，两个人偷偷摸摸地压低声调交谈，仿佛在顾忌什么。

远山停下脚步，朝声音的来源张望，进出观众席的门半开半掩，就在门后的角落，有两个人的身影重叠在一起，应该是一位高大的男人和一位纤弱的女子面对面站着。远山目不转睛地盯着这两个人，忽然间，他觉得好像看了不该看的东西，却又无法移动脚步，于是屏住呼吸，小心地移到对方看不见的位置。

男人的半边身体被墙壁挡着，但能看到他的正面；女人背对着远山，无法清楚地看到她的正面。尽管如此，远山还是一眼就认出来，这个男人是在剧团里呼风唤雨的导演重森。而从女人的体形和穿着来看，不难判断她是谁。

“贞子……”远山忍不住低低喊出心爱的女人的名字。

重森不时凑近贞子耳边喃喃低语，还把手放在她的肩膀上，拼命摇晃她的身体。这不像导演对女演员应有的举动，更不像是在指导女演员的演技。

远山心中顿时五味杂陈，他无法原谅重森滥用职权，使出下三滥的卑鄙手段，对看中的女演员予取予求，随意玩弄年轻女性的灵魂和肉体。

其实不值得大惊小怪，在演艺界，这种事就如家常便饭般稀松平常，刚踏入社会不久的远山也明白。他在乎的是贞子，却又为贞子的反应纳闷。她无法对导演强硬地反抗到底，但是远山希望她能在不触怒对方的原则下，以婉转的方式拒绝。谁都知道这是困难的事，尤其是在演艺界这个五光十色的职场上。远山希望贞子能做出适当的行为，否则叫他如何相信先前贞子所说的爱的誓言呢。他们虽然还没有发生肉体关系，但是远山始终深信贞子对他说的“我爱你”是真心的，在他的心里也只有贞子一个人。

追溯起来，是远山先向贞子表达爱意的。去年秋天为公演排练时，他碰上一个难得的好机会。

当时，下一期公演的节目是一部包含舞蹈场面的歌舞剧，飞翔剧团特地邀请两位舞蹈家加入演出，但是该团女演员的行程表排得密密麻麻，根本抽不出空来参加排练，于是山村贞子临时上场，但只是候补性质，她并没有真正登台演出。

在那之前，远山从没有看过贞子跳舞。他亲眼见到贞子的表演时，简直惊讶得说不出话来：她跳得实在不是普通的好！一起接受入团考试以来，贞子一直显得十分特殊。远山对她倾慕有加，时时注意她的一举一动、一颦一笑，只要有她在，他的目光就无法移开。但是他从来不知道贞子的舞竟然跳得这么好。初次见到她煽情般的曼妙舞姿，他的心扑通扑通地跳个不停，全身犹如火在燃烧一般燥热，他的情欲就这样被挑起，灵魂像出窍般追随着她。

但是贞子对自己的舞技并没有多大的信心。编舞老师耐心地指导她之后，有好几次，她一迈开舞步，就犹豫着要不要继续下面的动作。在远山看来很普通的舞步，对她却似乎变得复杂难懂。在休息时间上厕所时，远山刚好有机会在洗手台前和贞子单独相处，他衷心地称赞道：

“你的舞跳得很棒啊。”

但是贞子只当远山在嘲讽，反而露出愠怒的眼神。“干吗这样挖苦我？只要努力练习，我一定可以跳得比别人好。”

由此看来，贞子一定被一些资深女演员严厉批评过：“你的舞技跟我们比起来还差得远呢。”所以，面对远山真心的赞美，她反而闹别扭，拒绝接受。

贞子愤愤不平地转身打算离开，远山急忙从背后追上她：“我绝对没有那个意思。”

贞子甩开远山搁在自己肩膀上的手。“我知道自己跳得很烂，你用不着‘猫哭耗子假慈悲’来安慰我，我不需要你的同情。”

“不是，我觉得你真的跳得很好，绝对没有半点讽刺，我说的都是真心话，信不信由你。我只希望你能找回自信心。”

“鬼才相信你呢！”

“我真的没有骗你。听着，我不是那种善于花言巧语的人，如果你跳得不好，我会老老实实地告诉你。”

两个人静静地待在原地沉默不语，远山用诚挚的眼神注视着贞子。许是他的话产生了效果，许是被他的诚意感动，贞子相信了他的话，露出腼腆的笑容，点了点头。“好啦，我知道了，谢谢你。”

这是远山第一次和贞子有心灵相通的感觉。之后，他随时提供给贞子许多宝贵的意见。

远山特别留意大家排练时经常犯错的地方，不时提出意见给贞子参考，并客观地说出自己的感受。他一直在贞子背后默默地鼓励她，期盼她有朝一日能脱颖而出，成为优秀的女演员。颇有女人缘的远山不断地表露自己对贞子的热情，贞子的心在他夜以继日的努力下逐渐敞开。

也许因为树大容易招风，贞子常常受到剧团前辈的恶意毁谤与中伤，甚至有人放出无中生有的恶毒谣言，相比之下，只有远山对她照顾有加，贞子满心难以言表的感激。

剧团里的值日工作是两人一组，远山刚巧和贞子排在一起。九月的某一天，两个人碰巧同时出现在剧团的排练场。中午过后的排练场里，除了远山和贞子，再也没有其他的人。

当天的排练开始前，他们有一个多小时能单独相处。远山尽快打扫完厕所和排练场，坐到角落的一架旧钢琴前。这是一台琴键几乎坏了一半的立式钢琴，仅剩的几个琴键也走了音，他尽量不按坏掉的琴键，弹了几首自己创作的曲子给贞子听。

贞子站在远山旁边，刚开始只是静静地听着，后来干脆和远山挤在一张椅子上，一同弹奏，两人的手指轻轻地穿梭在旧钢琴的键盘上，勉强弹出一首完整的曲目。虽然称不上四手联弹，但是每个音却异常地和谐。贞子小时候并没有受过正式的钢琴训练，但是她依样画葫芦地弹了一首似曾相识、透着哀伤气氛的音乐，然而远山想不起曲名是什么。

远山仿佛被人从椅子上推出去一般霍然起身，走到贞子的背后听她弹奏。贞子左手生硬地弹着和音，右手加以配合，弹着主旋律。弹奏的技巧不是很纯熟，却有一种吸引人的魔力，让远山深深陶醉其中。贞子天生就有女明星的资质，可想而知，她在音乐方面的品味也不同凡响。

大概是受到音乐的催化吧，远山的身体里突然涌起一股无法抑制的冲动。他看着贞子将前额快垂下来的刘海轻轻地拨到耳后，露出白皙的颈项。她的双手再次回到键盘上，举手投足间流露出温柔婉约的气质，身上散发着混合少女与成熟女人气质的风情，形成一种令人无法抗拒的魅力。远山再也无法抑制内心的冲动。

远山曾经听剧团中的几位前辈形容贞子是“令人恶心的女人”。以女性的眼光来看贞子，她拥有超乎寻常的魅力，引起同性之间的忌妒倒也可以理解，否则远山实在不明白大家为什么这么说贞子。他已经无法控制对贞子的感情，越陷越深，但并没有任何非分之想，只是喜欢贞子，无法压抑这种情愫。

他情不自禁地挪动身体，手也不自觉地伸向正在弹钢琴的贞子。

“贞子……”他低声呼唤着，从背后环抱她，她的体香让他意乱情迷，用脸颊轻贴着她的脸颊。但是贞子仿佛早就知道远山要做什么，自然地转身迎合他，轻轻地触摸远山的手。她站起身面对他，伸出双手环抱他的腰。

贞子的反应真叫远山喜出望外。其实他并不是没有担心过，一直在猜想贞子会如何回应，甚至还想过被拒绝的一刹那，会如何感到羞辱与尴尬。然而他万万没想到，贞子竟如此坦然地接受他。远山活了二十三个年头，和好几位女子交往过，但是从未像此时此刻在钢琴前和贞子拥抱这般快乐。

两个人先是一阵耳鬓厮磨，然后献上彼此温热的唇瓣，轻轻地吻着对方。如果当时有偷窥者在场，应该也会觉得，这样一对年轻情侣的拥抱实在是毫无邪念、清纯动人。

两个人纠缠在一起的身体稍微分开了一下，相互耳语。

“其实我第一次见到你，就喜欢上你了。”

远山对贞子透露自己的爱意后，她回应道：“我也爱你。”

那是出自贞子嘴里的爱语。

但如今他目睹的这一幕又算什么呢？远山站在螺旋梯中间，愤怒地咬牙切齿，他恨不得冲出去，将重森从贞子身边拉开。窝在墙角的两个人是不是在亲吻？远山痛苦不堪。

今年四十七岁的重森，不论在导演还是在剧作家的领域，都受到观众极高的评价。在演艺界，重森也相当吃得开。如果远山冲动行事，到时候不仅自己吃亏，说不定连贞子的前途也会受影响。他心里充满了矛盾和懊恼，简直快要疯狂了，但只能按捺住自己的情绪。

他看了一会儿两个人的动作，慢慢地恢复原有的冷静，开始注意到重森的表情和平常有点不一样。到底是哪里不一样，他一时也说不上来。重森在排练时对贞子痴痴凝望，此刻却变得好像被魔鬼附身一样，完全失去了理智，两眼充血，呼吸异常急促，仿佛要发狂一般，有时还用手按住胸口，好像喘不过气来。

远山心中开始抱有一线希望：看样子，是重森在挑逗贞子，而她只是适当地敷衍，两人的身体并没有碰触。贞子当初的话并不是骗他的。

问题是不久之后，贞子竟然做出令他无法置信的事情来。他以为躲在角落的贞子会趁机抽身而退，没想到她主动将嘴唇覆盖在重森的唇上，重森接受了贞子献出的香吻，还目瞪口呆地倒退了一步，不敢置信地盯着她。

远山可以想象此时浮现在重森脸上的惊愕，正好与自己的表情形成强烈的对比。远山露出错愕的眼神，看着背对自己的贞子。

贞子不是亲吻一下就算了，她后退一步，伸出左手握住受宠若惊的重森的下体，顺势一把托住，好像在玩弄两个软球似的，不断地来回揉搓。

重森再一次倒退，对贞子这突如其来的举动有点反应不过来，既想享受被碰触的快感，又对眼前人的大胆作风十分不解。他不知如何是好，脸上的表情因痛苦而扭曲，仿佛快要哭出来了……他的身体开始重心不稳，逐渐往下倾斜，是贫血引起的吗？他靠在墙上支撑着摇晃的身躯，胸口剧烈地起伏，一只手抚着胸口，另一只手抚着脖子，明显是喘得非常激烈。

不可思议的是，远山刚才还在憎恨重森，这会儿竟然同情起他来。现在他和重森一样困惑不已，都对贞子的行为无法理解。为何贞子主动献上香吻，还做出那样猥亵的举动呢？这实在匪夷所思。

贞子将身体不适的重森留在原地，离开了，她忽然转身往远山站的位置直直地望过来，一副早已知道远山站在那儿的模样。

两个人的距离至少有二十米，而且远山被楼梯的栏杆遮住。贞子并非突然察觉到他的存在，而是她背后似乎长了一双眼睛，知道他在那儿，才一个劲对着他瞧。这情形和他当初站在钢琴背后环抱她时她的反应一模一样，远山只能解释为贞子天生直觉敏锐。

贞子迎上远山的视线，朝他比了一个胜利的手势。

“你看，明白了吧？”她仿佛在用眼神诉说自己这么做的用意，但是远山并不明白。他犹如坠入五里雾中一般迷惑，贞子却已从后台的走廊上消失了。

贞子这么做一定有某种目的，因为她的目光中透露出坚定的神色，重森的眼神则显得空洞而茫然。他仍然朝上看，还没有察觉远山站在正前方。和行动迅速的贞子一比，重森显得十分迟钝，平常的神气似乎也消失得无影无踪。过了一会儿，重森总算恢复意识，拖着沉重的身躯推开门，走入剧场。

他的步履沉重了许多。

远山确信两人都离开了，才进入音效室。带子早已准备妥当，什么时候开幕都不成问题。

过了一会儿，对讲机传来重森的声音："现在开始第二幕。"很明显，重森在努力掩饰颤抖的声音。就算远山没有目击刚才那一幕，光听到重森战栗的声音也能感受到他的恐惧。

7

第二幕的幕布拉上去了，彩排正式开始，但是远山仍然无法集中精神工作，刚才目睹的景象在脑海里盘旋不止，挥之不去。他害怕带子里会有异常的声音。忌妒和愤怒、惊讶和不安在他的胸口如波涛汹涌的浪潮，反复袭来退去，弄得他难以招架。

大约在半年前，远山和贞子开始确定彼此的关系。四下无人的时候，两个人经常相互拥抱、亲吻，私下里诉说甜言蜜语。远山曾经央求贞子发生进一步的亲密关系，但贞子难以接受。他觉得遗憾，不过倒也心满意足。贞子才十八岁，两人也许不适宜发展肉体上的关系，这样纵然不能享受到强烈的欢愉，但有一种犹如青苹果般清甜的初恋滋味，让他喜不自胜。他从来就没有怀疑贞子仍是个处女的事实，唯一不满意的就是贞子对两人交往的事过于小心翼翼，似乎小心得过了头。

只有当两人在一起时，贞子才似乎发自内心地爱着他。但是周围一有剧场的人员出现，贞子的态度就会忽然变得冷淡，这让远山感到不安。远山不论在哪个场合，总是将贞子视为最特殊的人物；贞子却不同，一有别人在，她只把远山当成众人中的一个。

远山有个愿望：即使有其他伙伴在场，贞子也可以坐在旁边凝视着他，这样就好，他不想在大家面前被贞子忽视。一被忽视，他就用视线去追逐她，趁人不注意的时候更热烈地抱住她、亲吻她。他也明白贞子不想被人逮到造谣生事的机会，只希望贞子能多为他牺牲一点，然而她总是回答："我不想让大家看到我们要好的样子，我们的事情是两人的秘密，你一定要保守秘密。记住哦，不可以对任何人说出去，如果你说出去，我将会失去你。"就算她一再地嘱咐，远山仍然不明白为什么要那么保密？难道他们的恋情见不得光吗？

目睹了贞子对重森的行为，远山开始推敲了：既然进了剧团，谁都想成为著名的演员，贞子这个愿望更是强烈，远山时常可以感受到她对社会充满不友善的态度，甚至可以说怀有敌意，也看到过贞子露出睥睨世间的冷漠眼神，让他莫名其妙地感到脊梁骨一阵凉飕飕的，有说不出的畏惧。

“其实人世间并不是你想象的那样冷酷无情。”

不管他说过多少次，贞子总是听不进去，反而以一副过来人的口吻教训他：“你再这样下去，总有一天连自己是怎么死的都不知道。”

贞子到底经历过什么悲惨的遭遇，才萌生如此愤世嫉俗的观念？远山也曾兴致勃勃地问过她，但是贞子总是故意将话题岔开，远山实在无法理解她为何对社会抱有这么深的敌意。

贞子认为，要报复这个世界，只有当上有名的女演员。对一个十八岁的少女而言，这是能引起社会关注的唯一方式，于是远山从这个方向来思考：贞子为了当大明星，首先要抓住机会。在这个剧团里，贞子能下功夫的人无疑是拥有重要权力的重森，只要两个人混得够熟够久，她自然可以不费吹灰之力得到演出机会。果真如此，重森破格提拔贞子，使她得到大家盼望已久的正式公演机会。贞子入团才一年，与其他的团员相比可说是只小菜鸟，竟能一夕之间变成凤凰，真是不可思议。

她是怎么做到的？远山不敢再往下想。那一幕在墙角里缠绵的形象不断在他脑海里浮现又消失、消失又浮现，着实困扰着他。从这个角度想，就不难明白她为何要隐瞒和远山的关系了。被别人知道她和远山是情侣，自然会传到重森的耳朵里，到时候她再费尽唇舌解释都没有用，处心积虑想争取的角色自然也会泡汤——重森知道贞子和远山的事情，铁定不高兴，更别说把公演的重要角色分配给她了。

难道说我被一个才十八岁、不像少女也不像成熟女人的妖精玩弄于股掌之间吗？远山头上仍然戴着耳机，双手抱着头，目光极力回避舞台。

“喂，远山，你忘记铃声了。”耳机传来舞台监督的声音。远山一阵惊慌，连忙抬起头来。可能是他往旁边看的时候，错过了放音效的时机。他慌忙将播放键按下，播出电铃的声音。铃声没有按照预定的时间放出来，拉长了表演的间隔时间。幸好在台上的是位资深演员，他临时加了一段动作，等铃声响了一两次才拿起话筒。

远山配合他将带子停下来，这一幕总算是有惊无险地通过了。

突然传来舞台监督的咆哮声：“你这个混蛋！好好盯着舞台啊！”

“对不起。”远山自知理亏，摸摸鼻子赶紧道歉。

“你用心点行不行？”

“是。”远山被这一折腾吓出一身冷汗。他大大地喘了口气，完全没有辩解的余地：自己的注意力不够集中，才会给大家造成麻烦。若要追根究底，也只能怪他已经深陷情网、无法自拔了。

真是的！振作一点！他受不了自己的胡思乱想，几乎要崩溃了，情绪犹如即将爆发的火山，无法控制。他向来以为自己是一个意志坚定、不轻易流露感情的人，想不到竟然为了一个女人变得如此堕落。远山用力将头一甩，想将这些荒诞不经的妄想从脑海里连根拔除，但是丝毫起不了作用。

此时在舞台上，山村贞子已经登场。

贞子从舞台右边登场，“穿着黑衣的少女”不说一句话，静静地站在一个接电话的中年男人背后。灯光突然转暗，下一次灯光转亮时，“穿着黑衣的少女”却消失得无影无踪。灯光和舞台搭配得天衣无缝，男人将话筒扔向一旁，看到站在身后的少女亡魂，吓得魂飞魄散、屁滚尿流。观众只要知道整出戏的剧情，就会明白这场景是一个关键性的暗示。

远山对着只出现一下就马上消失的“穿着黑衣的少女”轻轻地呼唤着：“贞子……”说是在喊她，倒不如说像在哀求一个即将飘然远逝的人，祈求她再回头。

此时，远山忽然有一种不祥的预感，他觉得刚刚消失在舞台上的贞子，仿佛在暗示他们以后的关系也将不明不白地结束。

不行！不行！不要净往坏处想。远山努力盯着舞台，一动也不动，待会儿“穿着黑衣的少女”应该还有一次登场的机会。

这次贞子是从舞台正面的深处出现，“穿着黑衣的少女”站在正中央，牵动着嘴角好像想说什么，然而灯光随即暗下来，换成了完全不同的场景。“穿着黑衣的少女”究竟想说什么？观众恐怕无法知道了。

远山的心境仍停留在前面的剧情当中，他希望贞子将刚到嘴边的话大声地说出来，毫不保留地让剧团中每个人都知道。他希望贞子说：“远山，我爱你！”

如果能亲耳听到贞子在众人面前这样说，该多棒啊！如果不对众人隐瞒，将恋情公之于众，自己和贞子就再也不用偷偷摸摸地拥抱了。如果能将一切化暗为明，会多么痛快啊！远山希望不再顾忌任何人，光明正大地和贞子谈恋爱，这个消息最好能一字不漏地传到重森的耳朵里，让他明白贞子喜欢的是远山，而不是他。如此一来，重森一定不会做出刚才那种不当行为。远山的思想开始混乱了。他忽然想到，刚才在空无一人的观众席主动做出亲昵行为的人，不是重森，而是贞子。

“穿着黑衣的少女”耐人寻味地消失在舞台上，虽然出场的次数不多，却留下仿佛仍在原地的诡异气氛，既不多说什么，也不作任何告别，这种方式的确造成相当震撼的效果。但是，在现实生活中，远山却不希望贞子就这样消失得无影无踪。

8

排演很快就结束了，几乎没有地方需要特别提醒，因此导演只对大家说了声“辛苦了”，便匆匆走到观众席正中央坐下。这句寒暄从重森口中一说出来，大家就可以自由解散，摆脱紧绷的情绪和一切束缚。远山大大地松了一口气，他在第二幕排演时有好几个地方出了问题，挨起训来可不是件好受的事。

其实，与其说这是因为排练情况良好而提早解散，倒不如说是重森自己暂时需要寻求解脱。工作人员、演员、制作人都站在舞台与观众席上，重森一字一句地陈述他对这出戏的感觉，并鼓励大家在明天即将开始的连续三个礼拜的公演当中，要好好地努力。他的脸色看起来非常不好，靠在椅背上，连站都不想站起来。可是明天就是首演的日子了，兴奋使演员的脸上闪着明亮的光辉。

“辛苦了。”大家彼此寒暄后，有人回家去，有人继续留下来练习，高兴怎么做就怎么做。不过，剧场固定在十二点关门，所有的人必须离开。警卫下班前会检查剧场的每个角落。远山为了整理东西，又回到音效室里。

“现在……”远山将思绪重新整理一遍，看看还有没有明天首演时该做而忘了做的事情。他借着排练将录音带检查一遍，却又找不出任何奇怪的地方。他对自己的听力相当有自信，就算有些分心，如果真有奇怪的声音夹杂在里面，也绝对逃不过他的耳朵。连他戴上耳机都没办法发现的话，一般观众肯定无法听出来，对整出戏也不可能有什么影响。

对了，还有录音专用的卡式录音机。远山从桌子下面的架子上拿出一台录音机。为了方便携带出门，录音机的两端绑着皮带。他一手抓住皮带，一手将录音机从里头拖出来。这是内置麦克风的最新型号，如果想收录街上杂乱无章的声音，只要背着它走到街上晃晃就可以了，录好音再到录音室里拷贝编辑，就成了可用的录音带。远山发现，这卡式录音机里录了一些不想让人听到的声音。就在昨天下午，排练场只有团员在的时候，大家一时兴起想恶作剧。事情是由大久保发起的，善于模仿的他表示想录下自己的声音听听，看看自己模仿的成果。

当时卡式录音机非常少见，大久保请远山教他如何使用，然后召集同伴来凑热闹。大久保开始卖力地表演擅长的模仿绝活。大家看得兴高采烈，不断发出喝彩声。大久保倒带想听听自己的表演有多精彩。不听还好，一听他就笑得人仰马翻，倒在地上直打滚，又收敛起笑容，严厉批评自己的表演有哪些尚待改进的缺点。他的批评比表演更好笑，大家围着录音机玩得更起劲。大久保本来是模仿电视艺人的表演，不知不觉又将模仿的对象转到了周围的人身上。首先被他拿来当标靶的就是剧团干部，一个说话很有特色的演员被他当成笑话讲，接着导演重森也遭殃了。挖苦剧团里最有权势的人是严格禁止的行为，胆子小的伙伴还先跑到剧团事务所前看看重森到底在不在，不然被听到就不得了。

确认了重森不在排练场，大久保的模仿也进入最高潮。他模仿重森提醒演员时用的口气、骂人演技烂时的啰唆样子，甚至连追求女演员时用的话都模仿得惟妙惟肖。重森是大家耳熟能详的人物，听起来更是好笑。远山按下录音机的播放键，模仿重森的声音便不断地扩散开来。这盘将当时的情况完全录下的录音带现在就摆在面前。

为了预防明天有突发情况发生，远山必须在卡匣里放进空白录音带，调到随时可录音的状态。可是找了半天，他也找不到备用卡带，便为了该如何处理眼前的问题大伤脑筋。将大久保模仿重森逗得大家笑成一团的实况录下来很危险，万一这盘录音带不小心流出去，不巧又被重森听到，不是随便骂几句就可以了事的。那些听众还好，大久保模仿重森追求女人的习惯和动作，甚至重现他遭到女人拒绝的样子，把他当成笑话讲，就不知道下场会如何了。

远山决定把这盘暗藏危机的录音带洗掉。他关掉麦克风，按下录音按键，录音带跑完后，应该恢复完全空白的状态，大约需要四十五分钟。如此一来，他们开玩笑的证据就被消灭了。此后，他便放心去做别的事。

在洗录音带的空当，他闲来无事地往舞台上张望，几位演员为了确认正确的台位，缓缓地在舞台上走来走去。山村贞子的身影也出现在中央，练习张开嘴巴好像要说什么的那一幕。此时，舞台突然转暗，贞子要一直练习到熟悉为止。

贞子想说什么呢？不，穿着黑衣的少女想说却没说出口的话是什么呢？贞子的台词是不是隐藏在重森的脑子里呢？如果真有这些台词，远山很想听到贞子直接说出来。

远山把脸凑近音效室的玻璃窗，凝视着贞子，贞子好像也注意到远山在看她，于是暂时停下，双手下垂，往远山的方向看过来。虽然两人隔着一段距离，远山却感受到贞子与自己的视线交汇了。

音效室里有明亮的灯光，但是远山的脸背对着光，隔着窗户看起来朦朦胧胧的。舞台的地面上装着灯，此时正被一种与排演时迥然不同的气氛包围着，白茫茫一片，就连站在那里的贞子脸色看起来都和往常不太一样。那件黑色的戏服设计得有点奇特，裙子的下半身好像透明似的，隐约透露出一丝淫荡的意味。

贞子从舞台上下来，走到观众席，往大厅走来。她要来音效室？

远山看不到贞子的身影，他想象着贞子正在穿过大厅，慢慢地爬上通往这里的螺旋梯。贞子绝对不会急匆匆地赶来，她会以让对方焦急的步伐悠闲自在地走着，动作优雅而轻快。远山耐着性子在心里倒计时，等待敲门声。

没有听到敲门声，门却嘎的一声被推开了。贞子从门缝里滑进室内，随手关上门。“你在叫我吗？”

远山走近一看，发觉穿着舞台装的贞子更是娇媚动人，他不由得出了神。他既不说话也不笑，本来想露出夸张的怒容，却做不出来，真是让人生气。贞子不理会远山拼命装出的忧悒之色，穿过房间，架起导演椅坐了下来，仿佛刚注意到一直沉默的远山。

“讨厌，你到底在生什么气啊？”

贞子明明知道他生气的原因，还故作不知，这让他更加焦躁不安。“刚才是怎么回事？”

贞子眉毛略微上扬。“啊，刚才什么呀？呵呵呵。”她捂住嘴巴，恶作剧似的捧腹大笑。

“你明知道我在看，才故意对老师做出那种举动吗？”在剧团里大家都称呼重森为老师，远山也习惯了，可是一提到重森，他总有一种喘不上气来的感觉。

“真可恶！重森这个家伙……”远山故意在贞子面前自言自语。

“远山，你在忌妒吗？”贞子坐在导演椅上，双手撑着椅子想站起来。

“忌妒？我是为了你好才这么说。”远山真是说谎不打草稿，这根本不是为了谁好，他的焦躁不安明明是被忌妒折磨的症状。

“远山，你能不能别管我？”她的口气虽然不严厉，却毅然决然，没有讨价还价的余地。

远山实在有点胆怯，“对不起”差点就要脱口而出，他拼了命才极力忍住。“就算你受到重森的赏识，我也不认为这样对你的未来会有帮助。与其用不光明的手段获得成功，不如靠自己的能力抓住机会，实现梦想。”

多么肉麻的台词，像连续剧里的对白，连远山都觉得有点招架不住。

“梦想……远山，我的梦想是什么，你知道吗？”

“变成最当红的女演员啊，不是吗？”

贞子的脸上浮现出暧昧不明的微笑，一只手托着腮，目不转睛地望着远山。

“当一名舞台剧女演员，会有多少人注意到我呢？”

“演艺界不是只有舞台剧，还包括电视与电影啊。”

“远山，你看那边闪着红光的东西……”贞子指着远山正在洗掉的录音带。那儿有一个小小的红灯亮着。

“啊？录音机吗？”

“这种卡式空白带小多了，录音技巧也简单多了。”

“确实很方便。”

“记录影像的工具也会变成这样吗？我的意思是，不像在电影院里播放的胶卷那么长、那么大，只在小小的录音带里面，就可以记录许多影像？”

贞子说的事，远山并不认为是遥远的梦想，也许在不久的将来就可以在卡式录像带上收录影像。

“总有一天你会美梦成真的，所有你主演的电影，都可以轻易地在家里的电视上看到。”

“不过，那是很久以后的事。”

听她的口气，似乎有点泄气的意味。

“那并不是不可能的事啊，你……”

“可是等到实现时，也太迟了。”

“太迟？”

“等到了那一天，我都是七八十岁的老太婆了。”就算贞子顺利地成为当红的著名演员，等到卡式影像系统普及的时候，她也不再年轻了。

“这种事急不得。”

“我不想变老，我希望永远年轻。你不这么想吗？”

最怕老的人就是想当女演员的年轻女子，贞子也不例外。远山漠然地想。

“如果能跟你在一起，我倒是不讨厌变老。”远山若无其事地说出仿佛求婚的话，他绝对没有说谎，如果能和贞子一起共同生活，他并不害怕年华老去。身为人，都逃脱不了生老病死的轮回。当年华老去、得迎接死亡的时候，如果贞子就在身边，他会安心地死去吗？

一刹那，远山的脑海里浮现出自己在贞子怀抱中死去的影像：世界不断地运转和进步，就在自己即将远去的时候，贞子看着我苍老的脸……不知为什么，他想象中的贞子却依旧保持青春的容颜，这影像鲜明得令他害怕。

贞子明白远山想与她一起生活的真心，嘴角渐渐露出微笑。她皱了一下眉头，辩解道："远山，你是不是误会我喜欢上老师了？"

"我当然不会那么想，可是，看到你的举动……"

贞子用力地摇摇头，不让他讲完。

"不，事情不是这样的，请别误会。我非常讨厌老师，因为他常常纠缠不休，让我害怕。他给人的感觉很怪、很讨厌，好像有点钻牛角尖，难道他不能轻松一点吗？我们又不是小孩子。"

遇到贞子这号人物，连重森也拿她没辙，说不定重森是到了四十七岁才真正开始谈恋爱。远山又开始同情重森。

"老实讲，我很痛苦，不知道怎么把我的感觉传达给你。我希望可以相信你，可是……"

贞子从导演椅上探过身来，把手放在远山的膝盖上。虽然她只有十八岁，但似乎知道如何消除忌妒。她使出浑身解数，极力安抚焦躁不安的远山。

贞子站起身来，把灯关掉。整个房间暗下来，只有舞台的地板上亮着灯光，透过玻璃窗照进来，朦胧地照着贞子撩人的身体。不过，舞台上没有人了，地上的灯也关掉了，房间完全被黑暗包围，只有录音机的小灯在角落里红红地亮着。

黑暗中，突然听到咔嚓一声，贞子似乎将房间的门从里面上了锁。接着，她轻轻地坐到远山的膝盖上。她的身体看起来纤细娇弱，却有些分量。远山闭上眼睛，靠着这份重量确定贞子的存在，并且配合她的引导，脱下身上的衣服。

贞子也拉下自己背后的拉链，将黑色外衣从头上脱掉。远山坐在椅子上，贞子只穿着内衣，跨坐在他的膝盖上。随着柔软肌肤的触感，远山的脑海里浮现出贞子凹凸有致的线条。脱掉黑色衣服的贞子，现在反而变成了“穿着黑衣的少女”。在黑暗中，远山虽然看不清楚贞子身上的每一寸肌肤，但这股神秘感反而更刺激他的想象力。贞子的裸体在他脑海中快速地膨胀起来，录音机的红色小灯把她的影子衬托得更黑。将贞子据为己有的满足感，使远山心里的忌妒和不安被驱除得干干净净。

不知道过了多久，两人沉醉在探索彼此的身体、抚摸头发、亲吻脖颈带来的快感中，远山的欲望已经像奔驰在原野中的骏马，再也停不下来，他一心想快点进入下一个阶段。可是，贞子时而温柔时而激烈地推开远山往她双腿间移动的手，在他耳畔用若有若无的声音嗫嚅着：“不要比现在更爱我了，因为我不想失去你。”

贞子不是用嘴巴说的，那句话好像是魔音穿脑般，直接传输到远山的脑海中。

“远山，我爱你。”

是不是人的愿望越强烈，就越容易引起幻听呢？贞子的声音确实直接进到远山的脑海里。远山心想，如果自己真的听到了这句话，那么也希望让其他人听到贞子爱的呢喃，特别是重森，一定要让他听到。

“贞子，如果你在大家面前说爱我，我会多么……”远山用沙哑的声音嗫嚅着，贞子却摇着头说“不要”。

就在这时，远山的脚踢到柜子的一角，发出一阵东西倒下的声音。突然间，他被藏在那儿的神龛和供奉的脐带弄得心神不宁。

“远山，我爱你。”

这是直接传输到脑中的声音……此时，不知从何处传来婴儿的哭声，把贞子的话全盖住了。远山绝对没有听错，贞子的背后的确有刚出生的婴儿的哭声……

9

1990年11月

一瞬间，山村贞子留给远山的记忆和肌肤的触感，让他每一个细胞都鲜活地苏醒了。不如说，记忆早已深深地刻进他脑细胞的DNA里。

他对吉野记者叙述二十四年前的青春岁月，并没有把当时的情景巨细靡遗地全盘托出，只是将排练当天的情况描述了一下。但回想起贞子昔日说话的口气、柔软的肌肤、头发的触感，他却感觉一切好像是昨天刚发生的事。

“远山，我爱你。”

贞子的声音还残留在远山的耳朵深处，这究竟是真的声音，还是幻听呢？远山无法分辨，只不过此刻他耳中确实重现了当时的声音，现场仿佛回荡着诡异的气氛。这声音来自那个女人，是他想与之携手共度一生的挚爱，是能为他带来幸福的女人。如果可以再见到贞子该有多好。她身在何处？生活是否如意？为何一点消息都没有？不过可以确定，她没有成为大牌演员，仍然是个可有可无的小角色。

远山觉得像贞子这么有个性、有魅力的女人实在少见，真不敢相信她就这样默默无闻。他有种不祥的预感，甚至觉得光是向吉野记者询问她的下落，都需要很大的勇气。但他还是提出了心中积存已久的疑问。

“吉野先生，贞子现在怎样了呢？如果你知道她的下落，希望坦诚地告诉我。”

吉野用拿着钢笔的手碰了碰下巴，嘴唇触着笔盖，缓缓说道：“你这话实在挺矛盾的，山村贞子完全没有消息，我怎么可能知道她怎样了。”

“不，我想你们应该掌握了某些线索。你一直追问我过去的事，却不回答我提出的任何问题，这未免太不公平了吧？”

“可是……”

远山正襟危坐，表情十分认真地将身体往前探。吉野的络腮胡几乎贴到他眼前。

“贞子还活着吗？”除了单刀直入地追问，远山别无他法，他深恐吉野又故意把话题岔开。吉野不知是不是被远山的认真打动了，露出微妙的神情，头略歪了歪，微微地摇了两次。

“噢，很可惜，我想她大概……”

吉野说，这不是准确的消息，他是根据从同事浅川那儿听到的信息判断的，山村贞子可能已经不在世上了。也许她卷入了某起事件当中。二十四年前她从剧团消失之后，接二连三遭遇不幸，才遇到不测的。

事情的发展果然如远山害怕的那样，他并不惊讶。不知道从何时开始，他就有这样的预感：贞子早就不在人世间了。

可是，这个猜想当真从吉野口中说出后，远山的反应超乎预料，吉野吃了一惊。没想到他一个大男人家，竟然豆大的泪珠决堤而出，眼泪就这么簌簌地掉落下来。远山都是四十七岁的人了，做梦都没想到自己会哭成这样，着实也吓了一大跳——这辈子唯一让我刻骨铭心的恋情，就是和贞子热恋的这一段……可是，这已经是二十四年前的往事了。

从前，远山对女人根本不曾动过真心，甚至自认为是个恋爱玩家，可是听到贞子已经死去，却不由自主地落下眼泪。这一幕真是太滑稽了。

吉野惊讶得有点不知所措，赶紧起身找袋子，拿出纸巾默默递给泪流不止的远山。

“对不起，我……”远山原本想对吉野解释一下，又打消了这个念头，拿起纸巾擤了擤鼻子。

“我了解你的心情。”

吉野的话听起来不痛不痒，远山觉得有些多余。他用力擤了一下鼻子，说出一直很想说的话："对了，吉野先生，你说过曾用电话采访和我同期的团员。"

"是的，是饭野、北岛、加藤三个人。"

"你说，他们都知道我和贞子有特殊关系？"

"是的。"

远山实在难以理解，贞子一直非常小心地保护这段恋情，连不需要介意的地方都很谨慎，不可能对外公开两人的关系。远山也曾答应贞子的要求，绝对不说出去，时时提醒自己小心，为什么大家还是知道他们的事情呢？

"我不明白，我们这段恋情绝对不会被人发现的。"

吉野等到远山的情绪稳定下来，才露出笑容。"你太天真了，相爱的两个人不管怎么隐藏，旁边的人还是看得出来。"

"可以说得具体一点吗？"

吉野发出似笑非笑、似叹息非叹息的声音。"啊，对啊，你不知道，其实这件事有点像恶作剧。"

"恶作剧……"

"毕竟这已经是二十四年前的事了，你听了恐怕也是摸不着头脑。不过，听你叙述往事之后，我一些不明白的地方豁然开朗，情节也十分吻合。"

吉野大略说明他从北岛那里打听到的各种逸事。当然不是和盘托出，他只是将北岛提供的信息加上刚才从远山那里听来的故事，梳理了一下。

当时，三个礼拜的公演即将结束，四月初的一天，是最后一次公演。那天午后，在后台的休息室里面，团员们比平常更开心地度过休息时间。

下午的公演结束后，这部戏就顺利结束了。整理好散落在四处的大道具和照明灯具之后，大伙儿就要去参加庆功宴，接下来是一段期待已久的假期。他们三个月没放过半天假，这会儿终于可以尽情地舒展身心了。大久保又把同伴招呼到一起，开始表演擅长的模仿秀。这一次北岛也加入大伙儿的聚会，为大久保的表演热烈鼓掌。

不知道是谁出的主意，大久保正表演到兴头上，有人突然谈起上次的模仿已经录了音。

嬉闹之时突然回想起这件事，大久保的注意力马上转移开来，露出担心的神色，坐立难安。那盘录音带后来到哪儿去了呢？

那是大久保对导演不敬的证据，他四处询问同伴，但没有人知道录音带的下落。大久保不禁脸色发青，他认为除了负责处理录音带的远山，不会有人知道它在哪儿。如果落到重森手上，说不定难得的假期就泡汤了。不把录音带赶紧处理掉，他实在无法安心地度过公演的最后一天，便提出了要去音效室找那盘录音带的建议。

北岛看到大久保不再继续模仿，顿时兴味索然。这时，他感到肚子不舒服，于是走出休息室，往位于大厅的厕所走去。通常在观众入场以前，大厅的厕所不会有人用，北岛想上大号的时候多半会用这里的厕所。北岛一直跟大久保同行到大厅，接着两人分道扬镳，大久保走上螺旋梯，进入音效室，北岛则在没有人的厕所里慢慢解决。

过了不知多久，北岛上完厕所，又打公用电话确认过票务的事情后，正打算回到休息室，想不到差点跟面红耳赤、横冲直撞的重森撞上，吓得他脸煞白，赶紧向后倒退躲回厕所去。可是重森一点都没有注意到他，他大大地松了一口气。从当时的气氛来看，重森仿佛知道那盘录音带存在，才会气急败坏。不过，北岛特地留意重森接下来的举动，却看到了不可思议的情景。

重森既不是生气也不是困惑，他像失了魂般打开女用休息室的门，压低嗓音不断叫喊山村贞子的名字。北岛的身体有一半藏在厕所里面，他只能探出头去左右张望。

不久，北岛感觉有个女人走到门口附近，大概就是贞子。她站在房间里面，与站在走廊这边的重森正好面对面，北岛不仅看不到她的脸，连身体也看不到。不过，从重森说话的内容来看，站在那里的一定是贞子。

“贞子……你这个家伙……”

重森把手放在贞子的肩膀上拼命摇晃，他的语气有点威胁的意味，可是态度又像在恳求一般，脸部的肌肉扭曲得十分厉害，眼神也锐利地凝视着贞子。北岛甚至感到重森泛着泪光，似乎是爱恨交加。重森唠叨了将近十分钟，终于放开贞子离去了。下午公演的时间就快到了，为了准备服装和小道具，贞子也不得不走出休息室。

北岛始终无法忘记贞子当时的表情。那是一种深深的绝望，无法用别的字眼来形容。

贞子原本只是个临时演员，突然被指定上场代演，自然是兴奋莫名。更何况这是她的第一部戏，她必然寄予深切的期望。可是，观众的反应普遍不佳，随着公演的进行，贞子越来越沮丧。大概是因为这个缘故，贞子的表情似乎沮丧极了。平常，贞子全身散发出一股灵气，可是现在的她光彩尽失，全身无力地走上舞台旁的楼梯。北岛看着她离去的背影，心中充满了难以言喻的伤痛。

到底发生了什么事情？北岛并不清楚。他离开剧团后进入举办活动的公司工作，几年以后才知道那天的真相。

离开飞翔剧团的人各自走上不同的道路。隔了一段时间，北岛和大久保凑巧有机会一起喝酒，谈到了舞台剧上演的最后一天下午发生的事情。

为了找出模仿重森的录音带，大久保来到音效室，他不管远山在不在，就擅自在房间里乱翻。不久，他发现放在架子下面的录音机，便从头听起里面的录音带。从贴在录音带上的卷标可以知道，这盘录音带就是他上回模仿重森时录的，可是并没有听到以前录下的表演。他快速倒带重新播放，并且小心操作，以免漏听任何细节，可是找了半天，还是没有发现模仿重森的内容。

“怎么？早就洗掉了啊？”大久保正准备松口气，突然听到一阵女人的呻吟声。

“啊！啊！”

那是女人急促的呼吸声。还没有和女人温存过的大久保一开始还不知那声音的意义，只是觉得很有兴趣，继续听下去。不过，呻吟声渐渐转成话语声，他终于明白了那些话的意义，也知道声音的主人是谁了。

“贞子……”大久保喃喃地念着。没错，这是贞子的声音，她从鼻子里吐气，发出快乐的呻吟，而且全心全意地呼唤远山的名字，等于宣告了自己诚挚的爱情。

“不要比现在更爱我了，因为我不想失去你。”

贞子呼吸急促，时而停下，发出无奈的声音。

“远山，我爱你。”

……

大久保听得一时忘了自己身在何处。姑且不论贞子说的是什么，那声音包含着刺激听者感官的魅力。大久保全身血脉贲张，整个人浸淫在一种难以自制的感情里。这是一种无法用言语表达的感情，他对贞子的爱慕也被强烈地催化了——大久保和远山一样，对贞子怀有爱慕之意。

从排练期间到正式公演，大久保一直带着复杂的心情，看着一连串事情发生。自己所爱的女人因为取悦导演而获得演出的机会，他难以忍受；而她比自己早一步登台，让他有种被打败的心情；又从录音带的内容得知贞子爱着远山，他几乎无法招架。他对远山产生了强烈的忌妒，一个残酷的想法逐渐在心里成形：他要让想引诱贞子的重森看到这个证据。

远山，你更适合扮演被甩的角色！各种错综复杂的因素纠结在一起，大久保无法静下心来，他感觉脸颊突然热起来，紧接着做出了失去理智的举动。

大久保把录音带略微倒带，按下播放键，再提高音量。他确认那是贞子的声音之后，就按下后台休息室的对讲机按键。顿时，贞子呼唤远山的喜悦之声传到了休息室。

听到这里，远山发出接近呐喊的哀号。

“怎么会这样……”

吉野不禁露出同情的神色。

“你真的不知道吗？”

远山做梦都想不到当时发生过这种事情。“我怎么可能知道呢？当天有朋友来看戏，他找我出去，到外面吃午餐。”大部分的团员中午休息时间都在剧院内吃便当，如果有朋友来访，大家会趁机到剧场外面吃午餐。

“有人曾经严格要求，不准将这件事泄露出去。”

“是谁要求的？”

“当然是重森了。”

“重森听到录音带的内容了吧？”

“大概是，当时重森在休息室听到从对讲机放出的贞子的声音，才情绪混乱地跑了出去。”

后来重森发生了什么事情呢？远山与吉野都知道了，就是北岛在厕所中看到的那一幕。

最后一天公演顺利结束，大家整理好舞台，照预定计划举行庆功宴。宴会结束时，按照惯例，重森邀集剧团的干部一同喝酒、打麻将。根据吉野的叙述，重森当时听到有人提起贞子拥有特异功能的传闻，便气势汹汹地说：“我现在要去突袭山村贞子的房间。”

团员们从来不曾喝过这么多酒，全都醉醺醺的，没人有力气去管重森的言行。这时有人说，再喝下去会对身体不好，就草草结束，回家休息了。大家都以为重森不会真的这么做。于是，事实永远被埋葬在黑暗之中。重森在情绪激动之际，是否真的深夜去突袭山村贞子的房间了呢？没有人知道真相。

第二天，重森在排练场出现了，却判若两人。他非常沉默，好像不知道要做什么，只是到处走来走去。后来，大家看到他坐在椅子上睡觉，都以为他是在休息，想不到他竟然像睡着一般断了气，死因是急性心肌功能失调。最后，大家都认为可能是因为连日来的公演过于忙碌，使他猝死。

这件事实在非常具有讽刺性。远山想起当时在音效室度过的烦闷日子。虽然他确定贞子是爱他的，但在重森面前也必须隐瞒，每天都受到忌妒的折磨。他曾经想过，如果贞子坦诚的爱语能传递到大家的耳朵里，那该多棒啊！他也曾私下希望这个愿望能实现，就算是惩罚重森利用权力玩弄女人的行为也好。具有讽刺意味的是，这早已成为事实了，他却一点也不知道。

“贞子，如果你能在大家面前说你爱我，那有多好……”

录音带的声音是从音效室里播放出来的，音效室的主人是远山，贞子大概不知道他正在外面吃午餐。把这件事与他平常的愿望联系起来一想，贞子一定会判断出是谁把呻吟声放出来的，就算远山捶胸顿足也没用了。

那天晚上她和重森发生了什么事情，至今远山也无法知道。但是他可以确定，贞子的失踪与自己有关。贞子大概以为自己遭到远山的背叛。被最信赖的人背叛，还从扩音器中放出自己的呻吟声，她一定觉得受到极大的侮辱，所以什么话也没说就离开了剧团，离开了远山。

贞子似乎已经死了。远山觉得全身一阵虚脱。

此刻怎么解释都没用了，就算悔不当初，也没办法弥补什么，一切都已经结束了。大久保的恶作剧，从另一个角度来看也是远山的愿望，所以他的心情很复杂。

远山的脑海里浮现出大久保的脸。好久不见了，真有点想见他。希望见到他之后，可以问清楚当时的事情。

“对了，你知道大久保的联系地址吗？”贞子失踪后两个月，远山也离开了飞翔剧团，他不知道同期团员们的联系地址。而吉野手上有八位同期团员的联系地址和电话。

“有，不过大久保已经去世了。”

“咦？去世了？”太意外了，远山不禁微微发抖，像打了一阵寒战。

“同期团员里面现在还联系得到的，包括你只有四个人。”

“另外四个人呢？”

“都死了。”

远山与大久保是同期团员里面最年长的，如果他还活着，应该也是四十七岁。团员大部分都比他们小两三岁，有一半同期学员还不到四十岁就去世，这意味着什么呢？远山感觉有点奇怪。

“大久保的死因是什么？”生病或意外？一定是其中之一。

“我只听说那是十年前的事情，倒是没问死因。去问北岛先生如何？我的信息来源也是北岛先生提供的。”

远山当然想去问他。“你知道怎么和北岛联系吗？”

吉野找出公文包，拿出笔记本念出电话号码。那是东京都内的电话号码，远山撕了一张纸迅速写下数字，心中盘算着明天就打电话去问。

10

走下地铁站，远山从一木通往公司方向走去，有好几次都感觉后背在冒冷汗。都快十二月了，天气还是很温暖，天空万里无云，让人看了神清气爽。可是，远山的心却没有办法放晴。昨天和北岛联系上，两人谈话的内容一直在他的脑海中徘徊，让他久久无法忘怀。

一种难以言喻的窒息感一直在他的肩膀到脖子处游移。根据北岛所说，大久保等四个同期团员在这几年间，一个个接连死去，而且死因都一样，都是急性心肌功能失调或狭心症、心肌梗塞等心脏疾病，真是可怕的巧合。

因为大久保的恶作剧，贞子的呻吟声通过对讲机传到休息室里。当时，在休息室里面有森新一郎、高田惠子、夕见真由等三位同期团员，包括碰巧进入休息室的重森在内，正好是四个人。当时听到声音的人全都因为心脏病发作而死。

重森在听到录音带的第二天就去世，其他三个人则在二十年后死亡，时间各不相同。可是，如果说是巧合，概率未免太高了点。在音效室放录音带的大久保是最早死的，他在三十七岁便因为心肌梗塞去世。这个事实让远山觉得很不舒服。

我听到了吗？远山在意的是这一点。他并没有实际听到录音带的声音，但觉得那声音仿佛直接刻进脑子里一般，生动得有如贞子的声音重现。过去远山以为那是贞子在享受鱼水之欢时说的爱语，现在看来是别有用意。

另外，前几天与吉野谈话的时候，有件事情远山忘了说：贞子的声音应该没有录在录音带里面，他绝对可以确定。即使过了二十年再回想起来，他还是清楚地记得当时的情景。为了清除大久保模仿表演的录音，他按下录音键。而制作空白录音带时，他必须把内藏的麦克风关掉，才不会录到任何东西。这是很重要的事，他小心谨慎地检查了一遍又一遍。当天，标示录音音量的指针没有动过，一直指着零的位置，因此他应该没有录到贞子的声音。

走在人行道上，远山突然觉得有点头昏，身体摇晃了一下，只好靠在电线杆上休息。今天的头昏和呼吸困难似乎特别严重，平常休息一下就没事了，可是现在还伴随着呕吐感。远山休息了一下，还是没有改善。

远山穿过公司的大门，进入玄关，走进正面的会客室。他并没有走到位于五楼的办公室，而是坐在沙发上，静待无力感和呕吐感稍好些。现在比走在人行道上的时候舒服多了，但如果要回去工作，还得再休息一下。

整个会客室看起来白茫茫一片。

“远山。”什么地方好像有人在叫着他的名字，通过玻璃反射在眼前的影像，好像被一层薄膜包裹着。远山揉了好几次眼睛，始终无法看清影像的轮廓。

“远山。”那声音渐渐靠近，好像就近在耳边。一只手碰到他的肩膀，轻轻地拍了两下。

“远山，你怎么了？我刚才叫了你好几次，你怎么都没有反应？”

远山睁大眼睛，又眯起眼往声音的来源看去。助理导播藤崎和担任混音的安井就站在旁边，他们是远山的直属部下。藤崎低下头看着远山恍惚的脸，皱起眉头说：“真伤脑筋啊。”

什么事叫藤崎伤脑筋呢？远山想问原因，却一时发不出声音。

“远山先生，你不要紧吧？”

“对……对不起，请帮我……帮我拿水来，好吗？”

“好的。”藤崎走到会客室角落的一台自动售货机前面，买了罐运动饮料递给他。喝完之后舒服多了，远山说出刚才想说的话：“到底怎么了？”

“我也不知道怎么说，请您过来一下。真是伤脑筋。”

远山沉重地站起来，在藤崎和安井的带领下，搭电梯往三楼的第二录音室走去。第二录音室常常用来录制古典音乐节目，如果要录制大型的管弦乐曲，这里备有相当多的器材。

昨天，藤崎和安井为了录制淳朴的自然界的声音，陪着音乐家下乡，在空气清新的山间表演，收录到效果不错的声音，然后带回录音室剪辑。藤崎他们报告说，录音顺利进行，只要经过录音室的编辑作业，就可以做出唱片，近期也可以压成CD，陈列在唱片行发售。

“发生了什么问题吗？”远山一问，藤崎拿起耳机说：“请您先听听看。”

远山戴上耳机，坐在混音装置前面使眼色做暗号，藤崎按下播放键，音乐开始流泻出来。听到美丽的钢琴声，远山对藤崎做出疑惑的表情，他觉得音乐没有问题。

“就是这里。”藤崎说着，把录音带倒转回去重新播放。从略强到稍弱这一个小节中，除了钢琴声之外，还夹杂着一个非常非常小的声音。以远山受过充分专业训练的耳朵来听，声音虽小，却听得非常清楚。远山的双眼骨碌碌地翻转着，明显地表现出情绪的波动，他的身体轻微地颤抖。

“怎么说呢？好像是婴儿的哭声。”

婴儿软弱的哇哇哭声……可是，不只是这样。藤崎可能听不见吧？在更深处，有些话语浮现又消失、消失又浮现，那是令人怀念的声音。

“远山，我爱你。”

可能藤崎和安井都没听到，他们听到的只有婴儿的声音，误以为可能有车子停在剪辑室后面，车里刚好有个婴儿，麦克风连那声音也收录进去了。

“不是那样的，不是那样的。”远山无言地不断叫喊着。

“伤脑筋啊，远山先生，该怎么办呢？这是母带啊，而且是仅有的一盘带子。录音的时候，我敢肯定绝对没有这个声音！”藤崎还在继续仔细聆听，远山抛下藤崎，想冲出录音室到外面透口气。

“远山先生，你要去哪里？”

远山在录音室的出口回过头，闷闷地说：“这房间好闷，我出去走一下。”光是说出这些话，他就使尽了全力。

远山离开录音室，等电梯的时候，他把脸贴在大厅的玻璃窗上，眺望着街道。午后的太阳光很强，过度刺眼的光与影看起来十分模糊。远山并没有白内障症状，可是街道看起来竟然一片白茫茫。过了一会儿，整条街道居然变成黑色的带状。他吓得额头冒出冷汗来，汗水沿着玻璃窗滑落，里面似乎含有很多脂肪，又湿又黏，令人反胃。

在白色与黑色颠倒、失去颜色的世界里面，有一个小点进入远山的视野里，再逐渐慢慢放大。那是一个身穿无袖橄榄绿连衣裙的女人的影子，她的打扮很不适合这个季节。这个女人让远山联想起很久很久以前，在小屋的音效室里度过的快乐时光。那时，他一边沉溺于与贞子的欢愉，一边看到在漆黑的房间里，录音机里闪着光亮的小红灯。在黑暗中亮着的红灯，使黑暗显得更加深邃。

现在他眺望的景色也印证了音效室里的体验，黑漆漆的风景中，只有橄榄绿的连衣裙努力维持着原来的颜色和所带来的强烈的不和谐感。就好像在黑白的世界里掀起狂风暴雨一般，那个小小的绿点坚持着它统合一切的力量。

就在这个时候，电梯门唰地开了，他来到一楼，走出玄关到了外面，世界又恢复成原来的颜色，只是胸口那阵被勒紧似的疼痛还没有散去。

11

远山的喉咙突然渴得不得了，刚才喝光了藤崎给的运动饮料，现在又渴得无法忍受。他在楼下的自动售货机买了罐柠檬汽水，一口气灌了一大半，身体一定正需要水分，可是这汽水只是让冷汗再次流满全身而已。远山把手中的柠檬汽水扔掉，走上人行道。

从观光电梯上俯瞰街道的时候，远山一阵眩晕，感觉世界好像正在失去颜色，那唯一一个绿色光点散发出的色彩，强烈地吸引着他的注意力。

他开始漫无目的地往前走，没有特定的目标，只是一直想着那一点绿光，想走到大马路上看看。

二十四年前在音效室的经历，就像昨天才发生似的，已然在脑海中苏醒。刚才在录音室听到的好像被婴儿哭声掩盖住的嗫嚅声，绝对是山村贞子的声音，这是远山挖掘记忆的导火索。过去二十四年的时光，突然从记忆中整个儿被抽离出来，与当时和贞子一起待过的音效室连接在一起。

当时，远山还注意到音效室里飘荡着一股奇特的气味。刚开始他并不知道，可是进进出出，他渐渐地闻到了这股气味，并试图找出它的来源。这是一种不知该如何形容的特殊气味，不是东西腐烂的味道，也不能说是香气，不是很强烈，但会给鼻子里的黏膜一种奇妙的刺激。

这时远山的想象里出现了柠檬。也许在房间的某个地方有人放了柠檬，可是成熟的柠檬如果长期放在房间里，应该早就腐烂了。那气味是更新鲜的东西发出的，接近剥皮时发出的刺鼻气味——不是黄色的柠檬，而是鲜绿色的未成熟的柠檬发出的。

远山找了一下房间里面，打开所有的柜子，连铁柜里都找过了，可是没有发现任何东西。他唯一发现的，就是供奉在神龛里的干掉的脐带已经消失了。是什么人在什么时候拿走的呢？远山猜不出来。知道这儿有脐带的人只有山村贞子，也犯不着专程去问贞子，这不是值得大惊小怪的事情。诡异的供奉物消失了，反而让他松了一口气，他甚至有些害怕提起这个话题。

以前远山在某个写真集里面，看过子宫内胎儿的摄影照片。它将十二周左右的胎儿拍下来，颜色十分鲜明。胎儿的头比身体还大，双手双脚略微往前突出，在子宫里面缩成一个球形，大约只有五六厘米长，但可以判断出性别，也有人的基本体形，甚至有可以用肉眼辨认的性器官。

最让远山印象深刻的，是小胎儿与母体相连的那条绳子，比胎儿的手脚还粗，红色的血管浮在表面上，那就是脐带。脐带卷成环状，与胎盘紧密结合，是母亲供给胎儿氧气和营养的管子。对胎儿而言，子宫就是全部的世界，因此，脐带是自己居住的世界与外界连接的唯一管道，也可以比喻为接口。

胎儿出生后来到母体外面，才知道自己居住的世界之外还有另一个世界，可以想见胎儿会有多惊讶。远山看着照片里面的脐带，想象着胎儿的心情：只要胎儿在子宫里面，就绝对无法知道外面世界的存在。

远山走在人行道上，肚脐上方靠近胃部的位置突然有一阵抽痛袭来。他从刚才起就一直冷汗直流，两边的肩膀很疼。他想把手往上举，却没有办法动弹，心跳加速，光是往前走就已经很吃力了。

二十四年前，音效室里放出贞子的声音，听到的人都因为心脏病发作而死。这件事在远山的脑海中闪过。

“不，我不在场，也没听到录音带的声音。”他拼命地否认。可是，又有别的声音告诉他：你不是直接从她那里听到声音了吗？还是穿透鼓膜，直接刻进脑海中的。

大概是我胡思乱想吧，又不是心电感应，言语怎么可能直接钻进脑海里呢？远山想。

“远山，我爱你。”

贞子如果重新复活，这肯定是会对他说的最贴心的一句话，但是，也可能是最令他害怕的、甚至会让他失去生命的一句话。

远山现在十分不安，为什么录音室里的录音带会录到相同的台词？婴儿的哭声之后，还传来贞子当时细诉衷情的嗫嚅……

听到录音带，恐惧、惊讶、不安、怀念与矛盾突然涌现在远山的心头，也唤起他昔日对贞子的热情。二十四年前的感情以这种形式重现，恐惧与爱情就像只有一纸之隔，远山明显感觉心脏在异常地快速跳动。

远山并没有回头看，可是他知道在另一边的人行道的斜后方，有一个穿着绿衣服的女人在行走，她的步伐比自己的稍微快一点。

远山还是漫无目的地继续走着。他不知道自己要走到哪里去，也不知道为什么非走不可，只是头也不回地往前走。此时，绿衣服的女子刚好走到与远山平行的位置，两人以同样的速度走着，她一边闪避来往的车流，一边穿越马路，要来到这边的人行道。远山闻到一股熟烂前的柠檬的香气，与二十四年前的气味一模一样。

现在，穿着绿衣服的女人已经走到远山身旁，在伸手可及的距离内与他并排走着。远山步履不稳，摇摇晃晃，他的手掌碰到了她的手。对方确实是活生生的，那份活着的真实感从她的指尖传递过来。

远山将视线转向身旁的女人，观察她的举动。她穿的是绿色连衣裙，远山看到她这身不符合这个季节的无袖衣服、垂到背部正中的长发和白得几乎透明的手臂，觉得毛骨悚然。

在熙来攘往的人行道上，她显得特别醒目，一副坚持自我的模样，和以前的贞子一模一样。

“你看，我在这里。”她似乎全身都在传达这个讯息。远山仔细看她的手，食指指甲已经裂开了；往脚下看去，她没穿丝袜，光脚套了一双无带凉鞋，脚踝上有一颗紫色的痣，身材匀称而苗条……这也和贞子完全一样。

胃抽痛得越来越厉害，远山再也走不动了，他崩塌似的坐倒在人行道上。穿绿衣裙的女人一把扶住他的身体，他感觉世界的轮廓正在逐渐变窄，女人柔软的肌肤被蕴含丰富脂肪的汗水渐渐浸湿。他就这样靠在女人的膝盖上过了一段时间。

往来的行人中有人探头看，大家说了一些话，可是他几乎听不到了。他隐约感觉有人提到“救护车”这几个字，还有许多人探过头来看是怎么回事。对远山来说，这是一种麻烦。他很想把那些人赶走，安静地靠在女人的膝盖上，身体却僵硬得无法动弹。他想举起手去碰女人的脸颊，却没办法做到，只能让愿望在那里空转。身体与心神渐渐地分离了，他焦躁得不知如何是好。

自己怀念的山村贞子就近在眼前，远山并不觉得有什么奇怪。她仍然和二十四年前一样年轻貌美……她有没有死都无所谓了，但是为什么没有变老呢？其实这也没什么大不了的，能碰触到还活着的贞子，就足以让远山高兴万分了。他极力忍耐着，把死亡逼近的恐惧驱散，然而世界的轮廓正在以可怕的速度消失。

远山实在很希望胃部的抽痛赶快消退。他感觉远方正传来救护车的警笛声。从肩膀到胳臂肘完全不能动弹了，手指好像还可以稍微动一动，远山用手触摸着贞子，将自己的几根手指与贞子的手交缠。贞子用另外一只手从手提袋里拿出一个白色的小包包，那是包着什么东西的纸巾，有一些地方已经变成茶褐色。她打开纸巾，拿出里面的东西，放在远山的手掌上。远山觉得以前好像也发生过相同的情形，他紧紧攥住掌心的东西。

为了看清手掌上的东西，远山收紧下巴，把眼光投向自己的腰部。那东西拿在手里，完全感觉不到重量，也毫无不协调之感。他勉强拉着贞子的手，在发抖的手掌上，那东西好像活着似的一直在颤动。

远山马上就明白了，那东西就是脐带。这不是二十四年前放在音效室里的干掉的脐带，而是附着新鲜的血的脐带。它可能切断才一个礼拜左右。这是连接子宫与母体的管子，也是连接母体内的世界与外面世界的接口。奇怪的是，脐带上有被人硬生生扯断的痕迹，很明显，不是用锐利的剪刀剪断的。

远山的视野越变越狭窄，眼中只剩下贞子的脸。他无从得知身体出问题的原因是什么，但有一种冷漠的关于死亡的预感。更有讽刺意味的是，他似乎实现了死在贞子怀抱里的愿望。他想露出微笑，也希望贞子能回应，可是她一直面无表情。

远山按照以前的习惯，轻轻地移动食指。每当要放结尾主题曲的时候，他总是慎重地让食指与拇指互相摩擦，才按下播放键。这时，贞子张开嘴巴想说话。

咦？什么？你想说什么？远山想道。

可是，即将说出口的话又被贞子吞回喉咙里，没有传到远山的意识里。也许“穿着黑衣的少女”根本没有话要说。

播放键啪的一声打开了。

远山动了动食指，试着轻轻握住脐带。这是谁的脐带呢？

无须怀疑，贞子转生了。

一刹那，四周转暗，宣告远山的人生已经落幕。这时，不知从何处传来鼓掌的声音，众多视线也聚集过来……

第三章

CHAPTER 03

生日快乐

1

“好像在看戏一样。”

看完影片时，杉浦礼子压抑着胸口的骚动，喃喃自语。她有这种想法，也不是毫无缘由的。

礼子虽然没有戴上连接电子仪器的头罩，手上也没有戴数据手套，只是单纯地观看屏幕中播放的影像，但对怀孕的她而言，这影片却让她感受到震撼与不安。与戏中的主角一起体验求生与死亡，也让她受到惊人的冲击。这种几近死亡的体验会给观众带来巨大的精神伤害。

天野考虑到影片或许会给胎儿带来一些不良的影响，就一边看一边提醒礼子。

在看影片之前，礼子已经从专业研究者天野博士那儿得知“环”的计划,也对这个计划有了大致的了解。听完讲解后，她以为可以接受这种理论，但看了影片，却还是无法置信。

事实上，屏幕上的主角并不是由演员扮演的，而是某个人演出自己的人生。礼子如果不这样一直提醒自己，恐怕脑袋早已混乱不清了。但是看完影片后，她仍然觉得像在看一出戏。

假如今天观看的是描述他人日常生活的录像带，应该不会觉得像在看戏，甚至会产生偷窥他人私密生活的不安。或许因为影片播放的不是普通的日常生活，而是特殊的奇异事件，才让人觉得像在看电影或连续剧一样不真实。

这部片子的确很特别。一位摔落到大楼屋顶排气沟内的女子，在沟里生下了婴儿。刚出生的婴儿自己咬断脐带，再沿着一根细绳攀上墙壁。这种诡异的景象在现实生活中绝不可能发生。而接下来的影片更是不可思议。一个男人把头枕在一个女人的膝盖上，迎接死亡降临。那女人由婴儿长大成人，仅仅只需要一周。她正是男人以前的恋人。

或许是这故事与礼子的遭遇颇为相似，她格外能体会那男人的心情；又或许是礼子将自己的感情投射在影片中，才会有看戏般的心情。

天野切断电源，等影片要传达的意念融入礼子的大脑，才平静地问道："你觉得如何？"

礼子说出刚才的想法。"总觉得像在看戏一样，似乎无法相信真实世界中会发生这种事。”

天野笑着点头。“我也这么觉得。第一次看《环》这部影片时，也觉得像在看戏。”

天野的语气十分优雅。他是个研究者，从经历来判断，他应该超过四十五岁，但是看起来却非常年轻。银框眼镜、略微苍白的面孔，怎么看都不像个有不良企图的人，这让礼子安心不少。三天前，礼子从电话那端听到天野的声音时，就觉得他说话的方式让人安心，否则再怎么邀请，她也不会到这地方来。

接到素未谋面的天野的电话时，正是礼子最失意的时候，当时她已经失去任何生存的意愿。腹中缓缓成长的胎儿有如不断胀大的不安，使她对生存越来越失去留恋。在生不生孩子这个问题上，礼子没有勇气做出选择，只是习惯性地过着每一天，甚至连自杀这种过激的解决方法也未曾在头脑中停留一分钟。她知道自己的身体已经被传染性癌病毒侵蚀了，面对即将来临的死亡，她没有丝毫力气去抵抗，只是冷眼旁观自己的身体逐渐衰弱，每天过着麻木的生活。唯一能带给她生存希望的是腹中孩子的父亲，也就是二见馨。

两个月前，阿馨到美国的沙漠地带去旅行，他要寻找有效的方法，扑灭逐渐蔓延到全世界、可能引发人类灭亡危机的"转移性人类癌病毒"。但在一个月前，礼子接到阿馨打来的电话，他提起很可能找到扑灭病毒的方法，之后便音讯全无。凭自己的力量到美国找寻一个骑摩托车在荒野流浪的人，是绝对不可能的，礼子只能束手无措地等待。

阿馨即将出发时和她约定过，礼子还记得他当时的话。

"两个月后再见。在那之前，不管出什么事，你一定要活下去。"

过了约定的两个月，怀孕三个月的胎儿如今也成长为五个月了，但阿馨仍然没有消息。礼子不再期望能把孩子生下来，或者自己苟活下去了。

对今年三十四岁的礼子而言，这或许是最后一次生孩子的机会，然而这个生命却是礼子的儿子——她二十二岁时生的男孩亮次——选择了自杀这条路后，上天给予她的补偿。考虑到生与死之间微妙的关系，或许腹中的生命带有让亮次重生的意味，因此，礼子必须好好珍惜这个生命。但是，礼子已经感染转移性人类癌病毒，生下来的孩子也一定会受到影响，可以想见孩子未来的路将走得多辛苦。

三天前，礼子接到一位自称生命科学研究所研究员的人的电话，他说自己叫天野，有一些关于二见馨的消息要告诉她，当时礼子半信半疑。起初，天野不断地拜托她亲自到研究所来，但礼子无论如何都不愿意去，这或许是不想听到噩耗的自我防御本能在作祟。天野的语气十分温和有礼，礼子越发觉得对方可能是知道噩耗，才抱有同情和顾虑，不免心生防备。

天野没有否定这个疑问，但也没有肯定，只是不断强调在电话中无法说清楚，要求礼子务必到研究所来一趟。礼子拗不过天野热情的邀约，终于来到研究所。

礼子在研究所招待室里，倾听天野讲解“环”这个庞大的研究计划。听说阿馨也曾经在同一个房间听天野说明，她才感到研究所的气氛有些亲切。

所谓的“环”计划，是使用超过百万台计算机，创造出另一个仿真世界的国际研究计划。这个所谓的世界其实并不存在于空间里，只是由计算机屏幕呈现出来的影像。在计算机空间里，我们无法看到生命自然产生，但只要植入与现实世界相同的生命基本元素DNA，计算机空间中的生命群体也能开始进化。因此在“起源相同”的理论推演下，“环界”开始和现实世界一样有生命诞生。

天野尽可能详细地说明“环”计划的全貌，因为并不是在做学术发布会，他略过专业用语，仅仅用简单的字句说明，让礼子有初步的理解。但他觉得光口头说明还是无法让礼子了解，不如先看实际的影片，便拿出与“环界”癌变关系密切的两段影片让礼子看。

第一段影片是年轻女子高野舞以处女之身怀孕后，摔落在大楼屋顶的排气沟内，在那长方形的空间内分娩的镜头。刚出生的婴儿仿佛有自己的意识，不但用牙床咬断脐带，而且沿着细绳攀援而上，离开排气沟来到外面的世界。对于怀孕中的礼子，这是一段令她十分不舒服的影片。

至于第二段影片，时间要回溯到二十四年前，场景也全然改变，只不过登场人物中有一个人是相同的，那就是从高野舞腹中爬出来的婴儿——山村贞子。

这是以某剧团为背景发生的故事，内容充满青春气息，情节发展也与前一段影片大不相同。但最不可思议的是一个女人可以不通过录音装置，便将声音录进录音带中，甚至听过那录音带的人都会因心脏病而死。影片中的男主角也是如此，他偶然得到这盘录音带，听到女人的声音和婴儿的哭声后，突然遭到死亡的威胁。最后一如他的期望，他躺在二十四年前爱恋的山村贞子的膝头迎接死亡的降临。这样的剧情怎么看都像虚构的连续剧。

天野等礼子看完影片，询问她的感想后，又继续说道：“虽然影片看起来不太真实，却是如假包换。你刚才在影片中看到的人曾经真的活在世界上，也是真的步入了死亡。”

听到天野的说明，礼子的脑中浮现出几个假设：前一个世纪即将结束时，有一种十分精密的虚拟游戏问世，其中有几种她在孩提时代也玩过。游戏设定的原则是随着时间流逝，角色会逐渐像人类般进化。在这类游戏中出现的角色是人类制造出来的，无法证明他们是活着的人；但是在假想空间“环界”中活动的生命，却不是人类制造出来，而是靠DNA进化出现的。

“也就是说，我们只要想象游戏里的角色是活着的真人，就可以了吧？”礼子说出自己的看法，天野同意地点头：“是的，这么想也可以。在‘环界’中，所有的生命都拥有DNA，也确实活着，就像你看到的，他们像我们一样拥有人类的容貌，可以分出男女，也会恋爱……”

礼子知道天野没有说谎，因为在第二段影片中有恋爱情节，连男女互相爱抚的场面也出现了；就连忌妒这种情绪，也和人类的一模一样。从理论上来说，“环界”与地球是以共同的理论来支撑的，礼子对这一点没有疑问。

天野再次开始说明：他们将碳、氮、氦等构成宇宙的一百一十种元素依照性质和类型打散，置入计算机里，但具体的组合方式如何，没有人知道。礼子只能依自己的想象理解天野的说明。对礼子而言，那些都是科学上的疑问，也不是她关心的事情，能知道“环界”的生命存活在“环界”之中就足够了。她想知道腹中孩子的父亲——阿馨的事情，可是天野却一直没完没了地向她说明“环”这个假想空间。

礼子突然回忆起，曾经听阿馨这么说过——现实世界或许也是一种假想空间。

不，其实就是假想空间。宇宙在诞生之前，是没有时间与空间存在的，这是一种很难想象的状态，但如果拿“环界”做例子，就能简单说明时间和空间不存在的状态，所以把现实世界设定为假想空间，并没有什么矛盾之处。

但如果想让大多数人接受现实世界也是假想空间，而且与计算机的仿真程序完全不同，恐怕超出人类的认知范围，因此只能推论有未知的力量在操纵宇宙的发展方向。抓住这一点，应该就不会有人反对这种理论了。

“请问……”礼子正想转换话题，天野两手在胸前一比，希望礼子再等一下。不过他的话题也逐渐切入核心，转到传染性癌病毒上面。“‘环界’与在真实世界肆虐的传染性癌病毒，不能说毫无关系。”

礼子闻言不禁全身僵硬，惊讶地叫出来："什么？"

礼子一家遭受不幸，都是因为传染性癌病毒。这种病毒不但让组织细胞癌变，还会增强癌细胞的力量，使它转移到别的地方，简直像恶魔一般可怕，这是礼子有生以来最憎恨的东西。她的丈夫在两年前因癌细胞扩散去世，儿子亮次则在两个月前因无法忍受化疗的痛苦，在医院跳楼自杀。

虽然礼子与儿子的家庭教师阿馨相爱，并有了腹中的孩子，但她也感染了病毒，与她有性关系的阿馨也逃不过被感染的命运。阿馨的父亲也是癌症末期的患者，和亮次住在同一家医院。阿馨的母亲据说也有同样的遭遇。放眼四周，到处都是因感染传染性癌病毒遭遇不幸的案例。

全世界的患者已经攀升至数百万人。更可怕的是，专家也发现这种病毒除了经血液、淋巴液传染以外，还有其他的传染途径，并间接证实了这种病毒已经殃及其他动物和植物，地球即将灭亡的流言也开始在世界各地流传。

"其实，我们知道传染性癌病毒的发源地就在'环界'，而发现这个事实的人就是阿馨。"

这是礼子第一次从天野口中听到阿馨的名字，她立刻感到全身血液不停地翻涌。他真的做到了！她不知道发现病毒的起源对日后的治疗会有什么帮助，只是单纯地为阿馨的功劳感到高兴。“这么说，已经发现治疗的方法了吗？”

天野并没有回答礼子的疑问，依旧滔滔不绝地说明。

“你刚才看到的两段影片，是一切事情的起源。你是知道的，山村贞子用意志便可以在录音带上录音，这是‘环界’的科学法则中绝对不可能发生的事情。正如我说过很多次的理论，我们存在的现实世界与假想空间‘环’几乎以相同的法则来支配，也就是说，应该已经死去的山村贞子，在二十四年后借助高野舞的肚子复苏这类事情，都是常理无法解释的现象。当然有人认为是计算机病毒作怪，但真正的原因我们还不了解，也没有任何线索可以追查或解决问题。我们面临的最大问题，就是该如何处理这个偶然诞生的病毒。”

礼子的脑袋已经是一团混乱。依照天野的说法，查出传染性癌病毒的发生源是不是也不能解决问题？礼子不敢想象阿馨将白费心血，于是提出了心中的疑问，天野则严肃地回答了。

“这问题和我们为何存在于这世上是一样的。你我已经以人类的形态出现在这个世界上，但人类为何会诞生，与如何使社会朝更好的方向前进是两码事。人类为何会拥有现在这样的形态，为何会被各种欲望支配，即使知道原因，也不代表我们知道该如何使生活更好、使社会更和谐，所以只能尽人事。但也请你不要误会，阿馨的发现的确有价值，至于原因，就必须从病毒的演化过程说起。

“好，现在再回到最初的话题。我刚才告诉过你，在‘环界’，山村贞子这个特异分子能够制造一种录像带，让看过的人在一周后死亡，而逃避死亡的方法，就是再将录像带复制，让其他没看过的人看。照这种做法推论下去，录像带将以几何级数的方式激增。

“然而在复制过程中，某种不知名的原因导致录像带产生突变，进而转变成不同的形态，如燎原之火般迅速扩散开来，这种情形就像传染病爆发一样，一发不可收拾。看过录像带的人体内的确产生了某种病毒，‘环界’里把这种病毒叫‘RING病毒’。感染病毒的人会在一周后死亡，正值排卵期的女性如果感染，即使没有与异性发生任何性行为，一样会受精，并产下山村贞子这个生命体。

“我这样解释，你应该就能明白，刚才看到的第一段影片，正是被‘RING 病毒’侵犯而怀孕的高野舞产下山村贞子的镜头。”

不论“环界”这个假想空间面临多么大的危机，对礼子来说，就像是别人家的事一样，并不会给她带来任何不安。礼子半信半疑地听着天野说话，回想影片中看到的影像，想象着一周后会为人类带来死亡命运的录像带蔓延之后的情况。录像带产生的“RING 病毒”会袭击女性的子宫，让她们产下单一的生命体，如果现实世界有这种情况发生，恐怕全球将掀起大恐慌，使得谣言四起，蔓延的速度将更加迅速。如果人类不再遵守秩序，世界必定在瞬间灭亡。

“那结果呢？”礼子急着想知道。

“假想空间失去了多样性，退化成山村贞子这个单一遗传因子，将导致人类癌变而灭亡。人类如果失去多样性，除了灭亡之外没有第二条路。就在‘环界’面临灭亡的同时，‘环计划’也因预算的关系遭到冻结。这是二十年前的事。”

癌变和灭亡这些字眼激起了礼子的好奇心，因为天野提起癌症这个名词，表示话题终于要转到现实上了。

“‘环界’的遭遇好像预先反映出了我们这个现实社会即将面临的命运，真恐怖。”礼子两手交叉，手掌轻轻地摩擦手腕。

“正是如此。现实世界与假想空间互相呼应、反映彼此。”

“也彼此影响吗？”

“这么说也可以。”

“就像是母亲与胎儿的关系？”

“嗯，这是很好的假设。”天野露出打心底佩服的表情。

其实礼子只是把那些荒诞无稽的说法换成自己能理解的

语句。在她看来，“环”的地位就像子宫一般，那是另一个世界里因为父母的爱而诞生的生命体准备居住的空间。母体的健康状态会影响胎儿，相对地，胎儿的健康也会影响母亲的安危。不仅是母体生理上的状况，就连无法换算成质量的情绪，也会带给胎儿微妙的影响。如果母体的心情舒适安详，胎儿的呼吸会保持平稳的状态；母亲若是焦躁、生气，那么胎儿的心跳也会快速跳动。任何一方生病都会给另一方带来伤害，这是经医学证明的事实。

礼子以自己能接受的方式在心中咀嚼一番，又问道：“‘环’如果灭亡，也会影响现实世界吗？”

“是的，一定会有眼睛看不到的影响力，当然，也会产生原因明确的影响。总之，在‘环界’产生的‘RING 病毒’已经侵入现实世界，逐渐演变成传染性癌病毒的雏形。”

天野暂时将“假想空间的病毒能否在真实世界发挥作用”这种疑问撇在一边，先说明为何“RING 病毒”会传到现实世界，然而这段内容着实将礼子打入了惊愕的深渊。

“在‘环界’，有个个体感染了‘RING 病毒’，他叫高山龙司，也是从假想空间移植到现实世界的唯一的个体。艾略特博士将已经在‘环界’死亡的高山龙司的遗传因子再次合成，使龙司在现实世界复活。当然，要解析全部的分子材料，再加以合成，这种技术目前不可能达成，所以博士将高山龙司的遗传因子植入受精卵中，让他以婴儿形态出生在现实世界。

“但是运气不太好，高山龙司曾经感染‘RING 病毒’。我们现在怀疑是在做 DNA 解析或再合成的过程中，因某种缘故导致‘RING 病毒’从大肠杆菌中外泄，突变成传染性癌病毒。因为我们比较后发现，‘RING 病毒’与传染性癌病毒的 DNA 碱基排列类似。”

天野停顿了一下，意味深长地看了看礼子。礼子注意到他的表情别有一番深意，下意识地生出防备之心。

“高山龙司在现实世界苏醒，是二十年前的事。”天野特别强调二十年前，似乎有某种言外之意。这正好和阿馨的年龄一样。

“我想，还是先让你看这部影片再说。”天野要放的是第三部影片。

“请你不要太惊讶。很抱歉，不管怎么说，我相信这件事对怀孕的你绝对是很大的打击，我也不知该说什么……”天野似乎对自己这个任务有些懊悔，但他很快恢复原有的温柔表情，继续说道：“准备好了吗？他就是‘环界’里的高山龙司。”

天野按下按钮，将高山龙司的身影放大。影片的背景是在某大学的研究室中，画面映出正在上逻辑学研究课程的高山龙司的背影。镜头渐渐转向前方，高山龙司面朝桌子，脸朝上望着天花板。

“阿馨！”礼子看到影片中的主角的一刹那，嘴里喃喃念出与高山龙司完全不同的名字。天野预想中的惊讶并没有出现在礼子的脸上，在屏幕上看到爱人的身影时，她只是习惯性地叫出名字来，因为她还无法立刻明白高山龙司与二见馨是同一个人。

2

阿馨的 DNA 是如何产生的，礼子根本不在意。生命原本就是从零开始，腹中的孩子也是由精子与卵子结合而成，在受精之前，这个生命根本不曾存在于世界上。对礼子有意义的是过程。她利用护士带亮次去做化疗的空当，将医院病房当爱情旅馆，与阿馨沉溺在肉体关系中。这绝对不是没有感情的肉体冲动，而是相爱之下自然发生的行为。在爱的驱使下，诞生了寄宿在腹中的新生命。即使如此……

“环界”的个体拥有 DNA，加上现代科学技术的协助，要使这个个体再次合成为生命体，应该可以办得到。礼子想让自己迅速理解这个说法，但是事情来得太突然，她几乎以为，阿馨是个生化人的事实只是自己的错觉。礼子不敢说自己十分了解精子到达卵子并使之受精的过程，但即使清楚，记忆中浮现的也只是两个人的亲密行为，以及自然流露的思念，腹中的孩子只是随着爱恋而诞生的新生命。

“我爱他。”

即使知道了阿馨出生的秘密，礼子的心情仍然没有改变，反而更加确信自己的爱。但天野并不在乎这一点，科学家多少有些怪癖，他在乎的是生命诞生过程的正确性。

“我能理解阿馨并不是因父母的性行为而诞生的事，但这与他和父母之间的感情无关。”

从礼子口中听到这句话，天野大大地松了一口气。如果礼子无法理解这个道理，他势必得应付如山的问题，也得苦恼要浪费多少时间向她解释。

“你能理解，那最好。”

礼子想知道的并不是“为什么”，而是现在阿馨究竟在何处。

“阿馨现在在哪里？”

天野稍微叹口气，摇摇头。他看着手表，思考了一会儿，缓慢地站起来，朝对讲机点了两杯咖啡。礼子看着天野的神态，突然有种不祥的预感。

不久，一位年轻的女子端着咖啡出现。天野有些心神不宁地将咖啡端到嘴边，低垂着眼睛说道：“先喝杯咖啡吧。”

他定了定神，再次开始滔滔不绝地解说。但是他说的依旧不是阿馨的消息，而是中微子扫描捕捉系统（New Cap）这种科学仪器的构造。这是一种利用中微子振荡，详细地将生物的三次元构造、蛋白质和电流的状态数据化的系统。也就是说，经过中微子的照射，可以将生物的脑部活动、内心世界以及记忆等信息彻底地数据化。

礼子对天野的解说置若罔闻，但听到 New Cap 装置设在横越北美大陆的新墨西哥州、亚利桑那州、犹他州、科罗拉多州这四州交界的地下深处时，她一脸惊愕地抬起头，因为阿馨前去寻找扑灭传染性癌病毒方法的地方正是那四州的交界点。

“阿馨在那里吧？”礼子充满期待地问道。但天野只是露出一脸困惑，既没有否定，也没有肯定。礼子无言地看着他，内心不断地说服自己：不管天野要说什么，自己都可以承受。

“我们已经知道，阿馨的细胞在端粒部分的 DNA 排列并不是 TTAGGG，而且传染性癌病毒使得端粒酶末端显现。实验证明，即使在他的 DNA 末端附加上 TTAGGG，也会因为不稳定而立刻分解，换句话说，阿馨对传染性癌病毒具有抵抗力。”

“你是说阿馨绝对不会感染传染性癌病毒？”

“是的，他的细胞绝对不会因为这种病毒而癌变。”

“那太好了……”这应该是个好消息，但礼子内心的忧虑并没有平息，反而因 New Cap 的存在而逐渐扩大。

“我真不知该怎么开口……总之，这正是这世界期待的结果，我们发现扑灭传染性癌病毒的线索就在阿馨身上。”

礼子突然想起阿馨说过的话。他预感到，传染性癌病毒的产生和治疗的方法都和他有很大的关联。他之所以诞生，是担负着某种使命的。

“阿馨对治疗传染性癌病毒有帮助吧？”

“当然。岂止有帮助，只要将他全身的信息加以详细分析，可以找出划时代的治疗方法。这都是阿馨的功劳。”

“全身的信息都加以分析”，这句话猛然蹿进礼子的耳朵里。其实天野一开始解说时，礼子留心的话，应该不难察觉阿馨正是这 New Cap 装置的试验者。

为了提供全身的分析信息，阿馨的肉体会如何，天野什么也没有提到，只是含糊其辞，暧昧不明。

“阿馨正在使用 New Cap 吧？”

“是的。”

“使用New Cap装置,会使人类的身体产生怎样的变化？”

“他们首先去除阿馨身上所有外在物品，让他躺在直径两百米、装满纯水的圆筒状水槽中，然后从圆筒表面放射出中微子光，穿透阿馨的身体。穿透身体的过程中，分析信息便源源不断地列出来。”

礼子根本不在意这个试验的过程，她只担心阿馨的身体是否会受到伤害，因此有些焦躁，声音中也略带怒气。

“阿馨的身体到底会变成怎样？”

“为了得到最完善的信息，必须极为仔细地曝露在中微子的照射中，直到细胞被破坏为止，所以……”

礼子再也无法压抑焦虑，歇斯底里地尖叫出声。她一个劲摇晃脑袋，头发凌乱不堪。

“……肉体溶在水中，消失了。”

礼子那几近哀号的声音让天野大受影响，他的话语中隐含着无处发泄的怒火，似乎在抱怨自己接受这个任务也是无可奈何。

“溶在水中，消失了……”

礼子愣愣地重复这句话，拼命想象阿馨的身体被溶化的过程，却怎么也想不出来。阿馨会怎样，结果已经非常明白，但礼子不肯说出口。她的嘴一张一合，想说话却又犹豫着吞下。

天野十分同情深受打击的礼子，但为了让她面对现实，还是狠下心宣告道："阿馨在这个世界等于已经死亡了。"

天野与礼子对望了许久，他看着礼子瞪大的双眼，没有避开，等着承受礼子爆发的感情。

礼子先把脸转开。她泪流满面，也不管头发会不会浸到咖啡，突然趴向桌子，整张脸埋在手臂中，哽咽着说不出话来。

"为什么……"

除了这句话，礼子不知道还能说什么。两年前，丈夫因感染传染性癌病毒死亡；几个月前，同样受此病之苦的儿子自杀；两个月前，腹中孩子的父亲，也就是她的恋人又以不知该如何形容的方法消失在这世界上。接连的不幸打击让礼子再也无法承受了，她完全丧失了生存的意志。

在前来研究所之前，礼子就已经有强烈的厌世之感。她得知阿馨的死讯后，对生存的无力感完全转变成自杀的念头。为了彻底切断这种悲苦，除了让作为感情发源地的肉体消失，似乎没有其他的办法。

即使从阿馨的身体分析出来的信息可以治疗自己的病，礼子也忍受不了了。就算治好癌症，她还可以再活几十年，悲苦的心魔也将永远纠缠她。一想到将来要过着如此痛苦的人生，礼子便笃定地说：“我绝对不要过那种生活！”

礼子霍地从椅子上站起来，猛烈的动作将桌上的咖啡杯带翻，弄湿了膝盖，但她毫不在意，愤然转身朝门口走去。

“你要去哪里？”天野慌忙追上去，拉住礼子的手问。

“我受够了！”

“不，我的话还没说完。”

“不，我已经很明白了！”

“不，你什么也不明白。”

礼子无视天野的忠告，右手正要拉开门上的把手。天野趁机用力握住礼子的手，礼子感到疼痛。

“请你放手！”

礼子的声音听起来十分愤怒，但天野并不打算松手。就像阿馨有自己的使命一般，天野也有他的使命。他必须遵守跟艾略特博士——不，跟二见馨的约定。

“你可以再听我说几句吗？这是我跟阿馨约好的。”

听到阿馨的名字，礼子不再抵抗，静静地等待天野的下一句话。

“是的，让你和阿馨见面就是我的任务。为了解救人类，出发前，阿馨与我以及艾略特博士有过约定。为了报答他伟大的行为，我也有义务遵从他的指示，安排时间让你和阿馨见面。”

“见面……我可以和阿馨见面吗？”

“当然，他在那个世界还活着。”

礼子面无表情地转过身，咖啡从她的发梢滴落下来，但她丝毫未曾察觉，脸色有些苍白。

“来，坐下吧。”天野指指沙发，请礼子坐下。

要恢复心情，礼子得花点时间。她用手抹一抹脸颊，再整理一下头发，借着拖延时间来缓和情绪，然后遵从天野的指示再次坐在沙发上。

天野一直在看手表，礼子也注意到这情形。“怎么了？”

“啊，还有十分钟左右，已经和别人约好时间了。”

“跟谁？”

“阿馨。”

突然，礼子的脑袋一团混乱。即使和两个月前就已死亡的阿馨有过约定，但这约定又能发挥多大效力？她有些怀疑。

天野为了解开礼子的疑问，开始解释：“我必须先告诉你，阿馨完全是在自由的意志下使用 New Cap 装置的。”

“他知道使用那装置会死吗？”

“知道。New Cap 会将人类瞬间的感情实时数据化，如果强迫他使用装置，即使用中微子照射，也不能得到最好的结果。因为人如果被恐惧、厌恶以及对现实的否定等感情支配，肉体便会僵硬，没办法分析出最自然的信息，所以要让你知道这一点：阿馨是自愿使用 New Cap 的。为了分析出最准确的信息，他保持平常心，秉着牺牲自己拯救全人类的崇高动机，平静而心甘情愿地接受死亡。我说得更明白一点，阿馨特别想救的人是你，还有即将诞生的孩子，还有他的父母。”

天野的话顿时让礼子的心情变得更加沉重。如果说阿馨以死来换取自己和腹中孩子的生命，那自己的生命是多么贵重、多么有价值啊。

天野又继续说道：“阿馨的死有两个意义，一个是我刚才说过很多次的，可以利用他的分析信息，将传染性癌病毒从我们的世界驱除。另一个则是通过将他全部数据化的过程，让他再次在假想空间‘环界’里重生。

“正如你理解的，‘环界’与现实世界就像胎儿与母体的关系，彼此间有微妙的影响，若不设法让‘环界’恢复生命界特有的多样性，就不能彻底解决问题。

“阿馨留下了贵重的分析资料，虽然他在现实世界已经死亡，但我们可以尽可能地利用这些资料，阿馨则在‘环界’再次重生，承担起使‘环界’恢复正常的多样性的责任。

“总之，阿馨就像是背负着神的任务一般，他在死亡的同时，便出发到‘环界’去。当他到达‘环界’的时候，已经冻结二十年的‘环计划’将再度展开，我们要在‘环界’灭亡之前先纠正它的发展路线。”

“不能让阿馨再次在现实世界复活吗？”

“想让和阿馨一模一样的人在这个世界复活，那是不可能的。如果使用上世纪发展出来的无性生殖繁衍技术，可以复制出和阿馨一样拥有相同DNA的新生命。但即使拥有相同的遗传因子，新的生命也必将过着和阿馨完全不同的人生。那是一个崭新的生命，与阿馨不再有任何关联。但是在‘环界’再生的阿馨，虽然无法拥有和我们一样的肉体，但他的思考方式乃至感情，都和原来的阿馨一样，也拥有同样的记忆。”

“也就是说，阿馨还记得我的事？”

“当然。”

礼子终于领会了“阿馨会在另一个世界活着”的意义，但再怎么说，阿馨在现实世界已经死亡的事实也无法改变。他在假想空间中没办法和现实世界的礼子一起享受肉体上的欢娱，也无法沟通心灵。就像刚才的影片一样，阿馨只能像连续剧中的主角一般让旁人欣赏，却无法与观众对话。尽管爱人就在伸手可及之处，却怎么也触摸不到，礼子不知道还有什么比这更痛苦。

“在‘环界’的生命体看得见我们吗？”

礼子的质问是正确的。从我们这边可以观察“环界”，从刚才那两部影片中可以明确体验到这一点。但反过来是否可以，又是另一回事。当然，这是外行人才会萌生的想法。

“那是不可能的，就像我们无法窥见神明的世界一样。”

然而，礼子脑海中浮现的却不是人与神的关系。几天前，她到常去的那家妇产科做产检。她躺在床上掀起罩衫，让医生将超声波仪器贴在肚皮上。医生一面看着屏幕上浮现的影像，一面解说胎儿的成长情况，因为子宫中的情况可以通过超声波进行了解。

如果把子宫比作“环界”，应该更容易明白。母亲可以看到子宫中的胎儿的模样，但是胎儿却绝对看不到母亲的整体形态，在这种情况下，对对方的认识通常是单向的。现实世界可以观察“环界”，反过来却行不通。礼子能够接受这一点。

“我懂了，请让我和阿馨见面吧。”

即使只能单方面见到阿馨，礼子也急切地想有和他生活在同一空间的感觉。即使只有短短几分钟也可以，她也想沉浸在见面的欣喜中，重新唤起肌肤相亲的感觉。

“好，那我们换个地方吧。阿馨可能有话想对你说，才一再叮嘱艾略特博士。现在要让你看的影片，并不是利用全息存储器使影像再现，而是在同一时间和场所再现阿馨周围的场景，让阿馨能感觉到你在眼前。”

天野绕过屏风进入研究室，在计算机内输入时间和地点，礼子则坐在指定的椅子上。天野问她是否要用头罩和数据手套。

“用了会如何？”

“可以更立体、更真实地看到影像，戴上数据手套还可以触摸到阿馨的身体。”

礼子一听便不再犹豫，立刻戴上头罩和手套。她坐在椅子上静静等待。她一面调整呼吸，一面用手帕擦拭被咖啡弄湿的头发，让它整齐地垂在肩后。虽然明知对方看不到自己，但出于女性爱美的本能，礼子仍然希望在爱人面前呈现出最好的模样。

就像通过装设在天国的摄影机一般，时隔两个月，礼子再次见到了阿馨——这个在真实世界已经死亡的身影。她渴望看到那张沉稳安详的面孔，心情也慢慢平静下来。

3

“环界”时间一九九一年六月二十七日，刚过下午两点。经纬度的数字正好在指定的位置上，从这时开始，礼子可以通过视听设备亲身体验“环界”的立体影像。

系统开始运作，礼子觉得整个人仿佛切换到了另一个空间，四周一片白茫茫，还可以看到无数雾粒子漂浮在空中。礼子穿过雾粒间的空隙，感觉像漂浮在云端，身体十分轻盈，但她并不害怕，反而觉得像禁锢已久又突然得到自由一般，通体舒畅。

礼子很快便察觉遮蔽视线的是云。她拨开云朵，从云间看出去，见到突出海面的半岛状海岸。她将视野放低，仿佛伸手就能触到曲折的海岸。海岸陡峭地斜入海中，放眼望去，除了稀疏的松林，四下净是土黄色的沙丘。沙丘上有条蜿蜒的柏油路，在阳光下闪烁着灰色光芒。礼子没有直接面对日光，但从路面反射的光和波浪间的闪烁来看，她知道“环界”的太阳就在身后。

她看到从沙丘蜿蜒到海岸的小径上有一个人影，似乎在寻找什么，一直在松林覆盖的斜坡上来回乱跑。他似乎在寻找一个开阔的地方，一个能直接晒到阳光的地方。人影终于在开阔的草地上坐下，抬头望着礼子这边的空间。

除了隐约的波浪声，以及围绕在周身的风声，礼子只觉得一片静寂。她试着降低高度。大地逐渐在眼前扩大，带来一种不可思议的距离感。礼子缓缓接近地表，坠落的姿势就像跳降落伞一般。

抱着膝盖坐在斜坡上的人，在真实世界的名字叫二见馨，在“环界”则叫高山龙司。“环界”的时间比现实世界足足快了六倍，对礼子来说才过了两个月，在“环界”已经过了一年。这一瞬间对阿馨非常重要，他终于能再次感受到礼子就在眼前了。

礼子从相距数米的上空往下望，贪婪地注视着阿馨，从额头到鼻梁，到坚韧的唇角……阿馨也像是看着浮在空中的礼子的容貌一般，微笑地凝视着天空。他知道礼子看得到自己。

礼子稍微调整一下位置，来到和阿馨相同的角度，脑海中浮现的净是与阿馨共处的回忆。他们共有的时间和场所并不多，交换爱的誓言的地方几乎都是医院，但一想起那里是儿子自杀的地方，快乐与痛苦的回忆就像双刃剑般困扰着礼子。她闭上眼睛，试着从杂乱的回忆中找出与阿馨有关的部分。

很快，那些与阿馨在一起的影像在礼子的脑海中展开了。他一边走过医院的走廊一边注视自己时的眼神，高兴时便展露着愉悦的天真笑容，都让礼子万分怀念。她也记得阿馨抱着自己轻轻地放在床上，小心翼翼地抚摸自己时的感觉；更记得两人站在医院的顶楼紧紧拥抱，一边眺望都市风景，一边谈论着如果病好了要先做什么事、实现什么梦想……

我究竟想唤起过去的回忆，还是想重温旧梦？不，都不是，礼子想和阿馨一起前进。但他已经死了，不存在于现实的世界里，礼子可以与之携手的人不见了。

礼子睁开眼睛，看到阿馨已经来到自己眼前。他的嘴一开一合，似乎在说什么，但听不到他说的话，她只听到天野说，要立刻调整机器，激活自动翻译装置。

阿馨抬起头，眼神中透露出坚定的意志，他一字一字简洁有力地说着。机器已经调好，原本如杂音般混乱的声音，开始清楚地传进礼子的耳朵里。经过翻译装置，阿馨的声音有些微妙的变化，但十分清晰。

“放——心——吧！”阿馨说着，用力点着头。

他是要我放什么心呢？这是他对自己挺身而出保护世界的行为做出的保证吗？面对自己牺牲生命一心想拯救的礼子和孩子，阿馨的一句“放心吧”，不仅肯定了世界的未来还有希望，也消除了礼子的疑问。礼子不知道阿馨的自信从何而来，但来到研究所的短短几个小时内，她的人生观转变了无数次，终于得到一个结论。

我要活下去——这个念头贯穿礼子全身的细胞，尽管以前有许多厌世的理由，此刻也全部消散，她重新找回了生命的价值。

阿馨去美国旅行前，曾经强迫想自杀的礼子许下约定：“两个月后再见。在那之前，不管发生什么事，你一定要活下去。”而现在，阿馨已经找到解决方法，并亲身实现了他的承诺。

礼子戴着数据手套，伸出两手轻轻碰触阿馨的身体。她把手放在阿馨的肩上，感受那强壮肌肉覆盖的肩胛骨。阿馨的身体和以前一样，没有改变。

阿馨盘腿坐着，两手向前伸出。礼子想握住阿馨的手，但他没有回应礼子的动作，因为他看不到礼子。这本是无可奈何的事，但礼子仍然不放弃，继续做握手的动作，她知道自己的想法终究会传达给阿馨。她沿着阿馨的手腕摸到手掌，想让自己的手指和他的纠缠在一起。

这时，阿馨却向空中挥挥手，搔着头，动作与礼子希望的完全相反。突然，他仿佛察觉到什么，两手轻轻伸向前，这并不是出自他自己的意志，而是由礼子的意志决定的。礼子将手放在阿馨的双手上，似乎是为了传达彼此的想法，也似乎是不想切断与对方的联系，她慎重地移动手掌，阿馨也做出相同的动作。

阿馨察觉到了！他虽然看不到礼子，但确实感觉到礼子的手就在自己的掌中。礼子战战兢兢地将阿馨的两手贴上自己的胸口，缓缓向下移动。紧紧相系的两只手，看起来就像连接现实世界与“环界”的脐带。

“你听。”礼子引导阿馨的手贴上她腹部接近肚脐的位置，想让小小的心音传达到对方的皮肤上。阿馨低下头，再一次说出同样的话：

“放——心——吧！”

也许是听到了父亲的话，胎儿在子宫中大大地回应了一下。

4

穿过医院门的一刹那，礼子心中充满了复杂的情绪。这里是儿子亮次跳楼自杀的地方，本以为会唤起痛苦的回忆，但不可思议的是，她只想着自己与阿馨见面的光景。

礼子登上三楼，穿过宽敞的大厅，换搭连接B栋大楼的电梯，来到三楼这间露天咖啡厅，这里的空间十分宽敞，其中一面对着中庭。

礼子第一次见到阿馨，正是在这露天咖啡厅。有一天，礼子注意到有道视线一直注意着自己，那正是阿馨的视线。礼子面貌娟秀，经常吸引男人的眼光，所以她像往常一般瞪了回去。但没想到对方一动也不动，反而更热切地注视着她，让她无法逃离。几天后，她有了和阿馨说话的机会，知道了他是个内涵深厚的人，渐渐被他的气质吸引。当时她拜托阿馨当儿子的家庭老师，其实私底下也希望有机会多和他接触。

但是和阿馨相爱，却逼得儿子亮次选择自杀之路。母亲趁着儿子去接受痛苦治疗的空当，与阿馨沉溺于肉体的欢愉，亮次对母亲相当失望。他误以为自己是个妨碍者，应该早点消失，便失去了生存的欲望。“我不在了，你就自由了。”这宛如遗书般的话留在亮次的笔记本上，像魔咒般一直纠缠着礼子。

虽然礼子不断地说服自己，她和亮次两人都感染了病毒，总有一天都会死，只是时间早晚的问题。但是现在科学家已经从阿馨牺牲生命换来的信息中发现了扑灭癌细胞的方法，亮次的死不禁让人遗憾。如果他能忍一时之气活下来，就可以利用新的治疗技术了。

电梯停在七楼，礼子走出电梯来到大厅。她向四周张望了一会儿，瞬间有一种空间被扭曲的错觉。她想阻止自己的想象，却徒劳无功。

走廊中间有一道紧急出口，打开紧急出口，能看见一座昏暗的楼梯连接楼上楼下。逃生梯的平台上，有一扇发生火灾时可以从外向内打开的三角形小窗户。三个月前的一个傍晚，亮次就是从那窗户跳下去的，鲜血染红了医院前的水泥地。

跟阿馨幽会，紧接着是亮次的诀别……两件事发生在同一个场所，因此礼子一见到医院的各个角落，内心总是五味杂陈。

礼子试着整理一下自己的情绪，再三确认纸条上的号码，敲了敲门。

“请进。”房里立刻有人回应，接着传来衣服摩擦的声音。

门打开了，睡衣前襟大敞着的二见秀幸，正以不自然的姿势靠在墙壁上。他身体的分泌物让病房内充满腐臭的味道。礼子朝房内走了一两步，反手关上房门。她猜测这位身上带有腐臭味道的人应该是阿馨的父亲，不由得担心起他的病情。

“初次见面，非常荣幸，我是杉浦礼子。”

一听到礼子的自我介绍，秀幸的身体立刻弹离墙壁。“欢迎你来，快请坐。”

秀幸满面笑容地让礼子坐在塑料椅上，他知道礼子会来拜访。儿子与礼子是一对恋人，而且礼子已经怀孕，阿馨早在出发前就告诉秀幸这些了。

虽然两人是初次相见，礼子也知道秀幸是对着自己和腹中的胎儿微笑，但那毫不虚伪的真情让她觉得温馨。礼子照他的话坐下，她并不知道癌症患者该如何应对末期的症状，但是光看外表，实在看不出秀幸是个癌症末期病人。出于这样的好奇心，再加上他是养育阿馨长大的人，礼子希望了解有关秀幸的一切。

阿馨是由假想空间的遗传因子合成之后，植入受精卵中，再借着女性的子宫诞生出来的。他在二见秀幸夫妇的细心呵护与养育下长大成人。即使没有继承二见夫妇的DNA，他也是秀幸的儿子，一样备受宠爱。然而现在礼子腹中的生命，却是千真万确地继承了阿馨的DNA。照理说，礼子腹中胎儿生命的本源是人工生命，应该有怀着异物的感觉，但她一点也没有异样之感，反而泰然地接受了这个事实，或许她深切地感受到了一股从秀幸传到阿馨，再传到腹中孩子身上的坚强意志力。

一个月前，礼子在屏幕上与阿馨相逢后，更加确信这一点。从阿馨那里得到的讯息让礼子重新萌生出生存的意志力。秀幸正在奇迹般地恢复健康，是因为阿馨牺牲生命换来的信息使治疗更有效，所以礼子更加确信这种想法。她抱着好奇与感谢交织的心情望着秀幸。

“您的身体好像好多了。”礼子并不知道秀幸以前的状态，但她从阿馨那里听说，他父亲的癌细胞已经扩散到肺部，不能动手术，几乎只能等死。但此时此刻从外表判断，秀幸实在不像个快死的人。

“最近我总觉得身体好像变轻了。也难怪，因为很多内脏都被摘除了。”秀幸开玩笑。接着，两个人简单地聊了聊最近的生活情况。

礼子将阿馨在“环界”重生，传达出强有力的讯息一事，详细地描述给秀幸听，好让他高兴。秀幸也像个科学家般以自己为例，说明如何将阿馨细胞端粒部分的 DNA 排列，植入感染传染性癌病毒患者的细胞内，得到划时代的治疗效果。这让也感染病毒的礼子安心。

不久，秀幸的兴趣转到怀孕的礼子身上。“怎么样？胎儿还好吧？”

礼子笑着轻轻拍着腹部，表示胎儿没问题。秀幸接着询问礼子的预产期，礼子回答说大约在三个月后，但她却没有答复胎儿的性别，只是笑一笑。

礼子当然知道胎儿的性别。上个月，她到妇产科去做 B 超时，从屏幕上看到胎儿的两腿间有个可爱的凸出物。

“啊，是男孩。”当时礼子躺在床上看着电视影像，惊讶地脱口而出。医生的态度却十分慎重，不发一语，但从旁边护士的表情可以看出，礼子的猜测没有错。礼子不想让秀幸知道胎儿是男孩，是怕秀幸误会甚至期待孩子是阿馨转生的，她只能含糊地搪塞过去。

聊到这里，礼子站起身收拾东西，准备告辞。秀幸也从床上爬起来，想送她到门边。

“您还是躺着休息吧。”

“没关系，没关系。对了，你打算在哪儿生呢？”

秀幸用一只手撑着墙壁，摇摇晃晃地走过来，礼子赶紧扶着他，说出附近一家妇产科医院的名字。秀幸立即停下脚步问道：“不在这里生吗？”

礼子发觉他的话中隐含着责备的意味。这所医院是大学附属医院，院内工作人员有很多是秀幸的同事或后辈，阿馨也是大学医学院的学生。秀幸对这所大学十分熟悉，觉得比起在小医院生产，万一发生紧急情况，这里的应对措施应该更好。当然，礼子也不是没有想过在这里生产，但她很介意这里是儿子亮次自杀的地方。

“我也很犹豫……”礼子猜想秀幸不知道亮次在这儿自杀，但是这种不祥的事实在说不出口。

“在这边生比较好。”秀幸几乎是半恳求半命令地说道，礼子明白，他想早点抱孙子。

虽然秀幸躲过了眼前的死亡威胁，但真要健健康康地出院，恐怕还是很久以后的事。如果礼子在同一个医院生产，他不但可以立刻见到孙子，以后见面的机会也很多。

礼子内心多少有些动摇，虽然两人只交谈了半个多小时，但她对秀幸的性格有了不少了解。即便他不是阿馨的父亲，礼子也会对秀幸这个人很有好感。

“我会考虑的。”

秀幸开心地伸出双手，礼子握着他的手，那双手就像阿馨的手一般，温柔又慈爱。

“礼子，你要常来玩哦，我等你。”

秀幸说话的态度让礼子有种似曾相识的感觉。他热情的招呼和握手的方式都与阿馨很像，只是慰问者与被慰问者的立场好像反过来了。

礼子关上房门时，开始觉得，或许转到这家医院生产也是不错的主意。

5

三月初，正值早春时节，半年匆匆而过。

距离生产还有一个月的时间，礼子再度陷入郁闷不安。

夜晚，屋里只有她一个人，满室的寂寞与不安逼得她几乎发狂。

这是一间宽敞的房子，有八十平方米大的客厅，加上三个房间。礼子和丈夫、儿子三人同住时，宽敞的房子让人觉得心情舒适，然而此刻，宽敞的空间却成了心理上极大的负担。偌大的空间象征着空虚，让本已寂寞难耐的礼子更加无法忍受。心爱的人一个接一个离去，只留下她一个人。虽然还有腹中的胎儿陪伴她，但是她不得不与之奋战的对象，已经从传染性癌病毒变成现在的孤独了。

客厅里陈列着各式各样极尽奢侈的家具，那些都是企业家丈夫用财力换来的东西，满室的珍宝对礼子来说不再有任何意义。礼子呆坐在沙发上，脸埋在两手中悲伤地呜咽着，她不知道该用什么方法填补心中的空虚感。虽然她坚定意志要活下去，但一想到未来要面对的人生如此荒凉寂寞，心情立刻又陷入沮丧。

想有个说话的对象。这是礼子最深切的期望。阿馨的父亲秀幸应该是个不错的聊天对象，因为他们拥有相同的切肤之痛。但光与秀幸谈话无法治愈随时袭来的孤独，此刻面对敌人，礼子只能束手就缚。

礼子闭上两眼，想将满室的寂寞从脑海中赶出去，却不断浮现出回忆的一点一滴。从幼儿时期到上小学、初中、高中，再到大学，这些经历如影片般在脑海中播放出来。

过去的人生经历为何会像电影一般陆续浮现，礼子很清楚原因。前些日子整理储藏室时，偶然发现一个保存胶卷的塑料盘。那是十二年前为了在结婚喜宴上放映而制作的V8影片，礼子十分喜爱那部影片，所以看了好几次。这些影像是朋友胡乱剪辑组合的趣味人生特辑，太久没看过了，礼子重新看时也忍不住笑出来。

结婚喜宴上，巨大的屏幕上播放出来的画面，是从礼子婴儿时期的影像开始，到二十二岁结婚为止。最后一幕是与当时的恋人——未来的丈夫站在一起的照片。虽然说这是礼子的人生回顾，其实也只是从新生儿到二十二岁之间的大致流程。播放到最后一幕时，礼子暂时定格。那不是V8拍摄的影像，而是一张静止的照片，以海为背景，礼子与丈夫两人站在一起。比较特别的是，礼子并非正面朝着照相机，而是侧着身体，把腹部对着丈夫的方向挺出来。为什么要摆出这种不自然的姿势呢？

礼子还清楚地记得当天拍照时和丈夫说的话，那时两人还没结婚，但礼子腹中已经有了丈夫的孩子。为了留下这一幕，礼子特地将腹部挺出来，还把手放在上面强调大腹便便的模样。结婚典礼上，他们也没有隐瞒怀孕的事，甚至放完影片后，司仪还告诉大家，二十二岁的新娘礼子已经怀有新郎的孩子，赢得满堂喝彩。

礼子闭起眼睛回想，几乎还可以听到当时来宾的拍手声。那时候礼子什么都不缺，双亲还活着，丈夫在身边，还有孩子在肚子里成长。她抱着头沉思，无法让沉沦在回忆中的自己苏醒过来。回想起过往的事情不但无法医治寂寞，反而让空虚更加强烈。一个人过日子一点也不好，人一孤独，就会被过去的影像支配，做任何事都不起劲，有如行尸走肉。

“对了！”礼子猛然从沙发上站起来，朝着放视听设备的房间走去。房间里有一面连接计算机的巨大屏幕，那是天野特别为礼子安装的，可以观看“环界”。它有一套简单的系统，能让人达到身临其境的效果。

但这套装置还是不能与“环界”取得联系，只能从现实世界单方面观察那里的情形。或许这么做会让人越来越难以满足，但礼子不想辜负天野的好意，便照着他教的方法连上“环界”。

在安装时，天野已经将这装置的焦点设定在高山龙司身上，因此一开始便出现阿馨的面孔，礼子吓了一跳，忍不住叫出来。

礼子不知道阿馨先前的遭遇，搞不清在“环界”重生为高山龙司的阿馨究竟在何处，只看到他横躺在沙发上。她把焦点往后挪，很快便知道那是医院的候诊室。

“环界”时间一九九四年，“环计划”再次开始执行之后，已经过了三年。阿馨为了扑灭在现实世界肆虐的传染性癌病毒而牺牲自己，为了让“环界”的癌变现象恢复正常，他重生为当时三十四岁的高山龙司，现在应该是三十七岁了。与礼子相爱时二十岁的阿馨，在这半年内成长为比她大三岁的健壮男人，从脸上可以看出，他成熟的魅力与日俱增。

礼子发现高山龙司的身体似乎哪儿不舒服，他正在医院的候诊室等待看病。护士一叫到他的名字，他立刻睁开眼睛。可能是刚从睡梦中惊醒过来，他一下子不清楚身在何处，四处张望。

观看影片时，礼子应和着高山龙司的举手投足，弥补两人无法交谈的遗憾。有好几次，礼子误以为他与自己四目相交，感到如窒息般的喜悦。

高山龙司进入诊疗室后，坐在医生面前脱去上衣，露出健壮的体魄。从背后望去，他的背上有一道几十厘米长的伤疤。礼子认识的阿馨并没有这道伤痕，这应该是他在“环界”奔走时遭遇意外留下的吧。伤疤周围的皮肤红肿凸起，显示着意外事故的严重。光是想想伤口不知曾流出多少鲜血，礼子便感到坐立难安。

诊疗大约花了“环界”时间十分钟。高山龙司穿上衣服，再次来到候诊室，他站在挂号处等待处方，在他身后还有十多个人坐在长椅上等待诊疗。礼子见到其中一个人的面孔，忍不住惊讶地叫出声来。那是一位面貌端庄的年轻女子，有秀气的额头、浓密的眉毛、高挺的鼻梁，以及带点薄情味道的薄唇，怎么看都是造物主手下最完美的作品。礼子感到惊讶，并不是因为她是个美人，而是因为曾经见过这个人。她将影片定格在女人的面孔上，仅仅几秒钟，便想起那女子的姓名。

山村贞子！她就是使“环界”癌变的女人。她可以不使用任何工具，便在录像带上录上自己看到的影像，看过录像带的人都会在一个星期后死亡。后来她制作的录像带产生突变，转变成各种媒介形式，一旦正值排卵期的女性接触到，便会产下拥有和山村贞子相同 DNA 的个体。

礼子还记得那个摔落在屋顶排气沟内的女人生产的影像。山村贞子从她的子宫里爬出来，用还没有长牙的牙床咬断脐带。看过那段影片后，怀孕的礼子无法把它当成一般的恐怖电影一笑置之。那虽然是不同的空间中发生的事，但光是想想都让人觉得恶心和害怕。就这样，山村贞子这单一的 DNA 在“环界”里呈几何级数增加，而突变成各种媒介形式的录像带也如洪水般侵袭整个“环界”。

现在礼子看到，导致“环界”癌变的山村贞子就站在高山龙司身后，若无其事地等待医生的治疗。拿到处方的瞬间，高山龙司似乎注意到山村贞子的存在，但他脸上的表情没有任何变化，转身走出医院，看起来和平常一样。

在医院门口，高山龙司又和另一个山村贞子擦身而过，两个人都没有注意到对方，朝各自的方向走去。高山龙司走向停在医院门口的车子，山村贞子则搭上医院的电梯朝上而去。

高山龙司的车子驶离停车场，不知要往哪里去。不久，车子来到高速公路，龙司突然脚踩油门，加快速度，窗外的风景以极快的速度被抛在车后。

礼子忘了时间的流逝，只是专注地看着。

她无法再用看连续剧的心情观看影片，因为她看的是一个男人的人生。那个男人在她的心目中是无可取代的，他的真实生活就呈现在眼前。

6

之后的一个月，礼子每天都在固定时间连接上“环界”，观察高山龙司的人生，说这件事是她人生唯一的乐趣也不为过。

“环界”的时间流逝速度大约是现实世界的六倍，到了现实世界中第二天的固定时间，“环界”已经过了六天。虽然这种观看方法只能看到片段，但礼子觉得长时间观看一个人所有的生活颇为浪费，抓住些许的片段，剩下的用想象来补充就可以了。

礼子大致可以了解龙司的生活。为了阻止“环界”癌变，恢复原本的多样性，高山龙司非常活跃，经常四处走动，这也是让礼子心情振奋的最佳娱乐。她越来越沉迷于“环界”的发展过程。虽然最初是为了摆脱生活中的孤独，但她逐渐与其中的人物起了共鸣，高山龙司生龙活虎的处事态度让她的心情也随之振作。

正如先前所说，“环界”曾经面临灭亡，看过录像带一周后会死的讯息已是众所周知。录像带此后甚至转变成其他形态，以更快的速度在社会上流传开来，使“环界”的每个人都陷入恐慌。最讽刺的是，人人惧怕病毒的心理反而加速了病毒的蔓延，没有人愿意平静地等待一周后面临死亡，也不甘心只有自己看过录像带，因此刻意让更多的人观看的蓄意杀人事件比比皆是。

礼子从屏幕上可以体验到“环界”发生的各种情形，有些人为了录像带互相残杀，也有相爱的男女因录像带反目，也有人为了所爱的人用尽权谋……那些行为就像真实世界一样，充斥着利己主义的自私心态。

虽然“环界”看起来要灭亡了，却没有这样演变，因为高山龙司已经降临在“环界”了。

为了防止“环界”癌变，高山龙司采取了两种手段。

三个月前，在天野的研究所中和礼子见面的时候，高山龙司已经制造出可以对抗病毒的疫苗，因此他才信心十足地让礼子放心。此后，疫苗也果真如预料一般逐渐发挥功效。

新研发出来的疫苗首先针对接触过录像带的突变物、会在一周后死亡的人，以及被“RING 病毒”感染而怀孕的人，开始测试。高山龙司拥有阿馨的记忆，根据阿馨在真实世界掌握的理论，他成功地开发出疫苗。他知道“环界”的构造，制造疫苗对他而言并非难事。疫苗有两种作用，一是解除感染，二是增加抵抗力，让人们即使接触到病毒也不会死亡或怀孕。

疫苗大量制造后，接种的人数大增，《铃》这本书不再是杀人的凶器，原本蔓延的书本逐渐变得毫无影响力；即便是录像带，也只剩下原始的娱乐功能。但经过这件事，没有人会为了兴趣而观看这盘录像带。

“以前这录像带又叫杀人录像带，你有没有勇气看啊？”

"杀人录像带？别开玩笑了，谁有兴趣看啊。"

很快，杀人凶器沦为时间的遗物，被人们从记忆中遗忘了。

但是还有另一个问题，以几何级数增加的山村贞子这个生命体该如何处理。

山村贞子是雌雄同体，个体就能完成生殖，并以与病毒同等的速度繁殖。尽管突变之后的病毒不再对人有威胁性，但如果山村贞子占人口的比例不断增加，一样会给"环界"的生态带来极大影响。但是在"环界"里，并没有很多人赞成断绝她的生存机会，因为除了隐藏的危机之外，山村贞子并没有带来实质上的伤害。任意决定一个人的生死违反人道精神，该由谁去抓捕山村贞子、该如何处理她等问题，都使他们踌躇不前。

但事情仍然圆满地解决了，因为有一种新的病毒散播开来。没有人知道新病毒究竟是以前存在于"环界"的病毒产生突变，还是出于某种目的被制造出来的，但的确发挥了功效，它使山村贞子受到感染，让元凶消灭，最后回归自然。

这个决定性的成果让整个"环界"的人心生警惕。社会同一化之后，必定会造成相当大的危险，"环界"社会开始激烈地讨论一个主题：生态如果失去多样性，究竟会造成什么后果？

个体之间的差别可以加强生命的强韧度，例如有住在山里的人，也有住在海边的人；有住在冰天雪地的人，也有在赤道周围生活的人；有肌肤白皙的人，也有肤色黝黑的人。每个个体间的差别越大，承受各种打击和避开危险的能力也越高。比如说有种病毒会伤害居住在热带地区的人，但或许不影响居住在寒带的人。一旦病毒肆虐，即使前者被消灭了，还有后者存活下来。只要生态界有多种个体存在，就会有一个新的开始，又能形成多样化的新世界。但如果全世界的人都拥有相同的DNA，一旦遭受病毒攻击，人类灭绝的可能性就非常高。

袭击山村贞子的病毒证实了这种理论，或许这也反映出山村贞子的特色，病毒只让她们走向自然死亡。山村贞子原本就不是经由有性生殖行为诞生的，她拥有能在一周内长为成人的特性。然而一旦感染病毒，她们也以相同的速度老去，迎接自然死亡。礼子看着倒在路上的山村贞子们，心中有无限的感慨。贞子曾经是剧团里的女主角，对年华老去是多么恐惧，但此刻面对着急速袭来的老化，却毫无阻挡之力。

同样身为女性，对山村贞子的悲惨遭遇，礼子实在不忍卒睹，更凄凉的是，这种不幸的故事不止一个，“环界”里到处充斥着山村贞子，这悲哀的故事不断地在各地上演。

在“环界”，大家都以为导致山村贞子死亡的病毒是自然产生的，可是礼子并不这么想。制造出病毒的人应该是高山龙司，也就是阿馨。他体内 DNA 的端粒排列跟普通人的不一样，能运用现实世界的知识制造出让细胞加速分裂的病毒。礼子曾经从天野那儿听说，细胞分裂的次数与老化有密切关系，而分裂次数就是由端粒的长短来决定的。

在“环界”，高山龙司做了两件事，一是制造出能避免因观看录像带导致感染或怀孕的疫苗，另一件则是散播让山村贞子的细胞加速分裂的病毒。在疫苗和病毒的相互作用下，“环界”很快又恢复了多样性。

礼子将视线的焦点往后挪，一刹那间，更广阔的视野出现在眼前。她将焦点提高一百米，视野也随之爬升数千米。这时，屏幕上的影像跳出了大气圈外，这个叫作“环界”的球体，整体的色调也起了微妙的变化，看起来几乎与现实世界一样美丽。起初，“环界”的表面可以看到污浊的斑点零星地覆盖在各处，然而现在“环界”恢复了多样性，外表也恢复了原来的美丽。各式各样的颜色混杂其间，形成微妙的色彩。礼子不由得抚摸着胸口松了一口气。

降临“环界”是阿馨的使命，他成功地完成任务了。礼子从屏幕上能清楚地看到“环界”的美丽与繁华，这影像比言语更快速地传达出来。

一旦安下心来，疲倦也跟着袭来，礼子关上计算机电源轻轻躺下，心里想着明天还要继续观看。这时，腹内的胎儿激烈地踢动，礼子已经到了随时会生产的阶段。为了紧急之需，她特意将电话挪到枕头旁边。

第二天，礼子在同一时刻打开计算机。“环界”虽然只过了六天，但是在这短短的时间内，高山龙司的身体却产生了巨大的变化。龙司出现的地方依然是医院，而且是在诊疗室内，他照样在医生面前袒露上身。

礼子可以清楚地看到他的背。除了那条斜斜的伤痕之外，还有褐色的斑点出现在皮肤上，脖子那儿也有好几条皱纹。他原本乌黑的头发中也掺杂了许多灰白，连掀起衣服的手也显得干枯细长。由此可以想见，在这短短几天内，他的身体产生了急剧的变化。

礼子将焦点转回前方，心中有一种不祥的预感。她见到高山龙司的脸，立刻证实了预感，那是一张已经老化的面孔。毫无疑问，这个人是高山龙司，但是他并非全身都遭到老化的袭击，胸部的肌肉还是像年轻人一样健壮。这种不平衡的老化方法让人联想到是非自然力量在作祟，礼子心中生出了更大的不安。

诊查完毕，高山龙司依旧在挂号处等待处方。拿了药，他有气无力地摇摇晃晃走出医院。这时，屏幕上出现候诊室的远镜头，他曾经在很短时间内遇到两次的山村贞子，这次没有再出现，这代表山村贞子应该完全从“环界”消失了。

高山龙司离开医院，沿着马路走着。和上回不同的是，这一次他并没有开车，而是用双脚一步步缓缓地向前走。那微驼的背、缩小的背影诉说着极度的疲劳与衰弱。高山龙司的身体似乎已经衰弱到极点，就连走路都感到辛苦万分，偶尔还会停下脚步，倚靠着电线杆或墙壁，手抚着胸大口地喘气。有时见他取出从医院拿回的药含在口中，但好像也知道吃药只是暂时安慰自己。

事情已经很明白了，急速老化的症状袭击了高山龙司。原因是什么，礼子很清楚，高山龙司也感染了能让山村贞子老化的病毒。

高山龙司是开发病毒的人，一定也能预料到事情会如何发生。他知道自己与山村贞子在“环界”再生的方式很相近，让山村贞子急速老化的病毒也会给他带来影响，甚至令他死亡。但是他依然没有放弃，再一次牺牲自己，解救了“环界”中所有的人。这种屡次为人类牺牲的命运，也只能说是他的宿命了。

高山龙司已经衰弱得连站都站不稳，他穿过楼群，来到公园，坐在台阶上。礼子看到他坐在水泥地上，自己也感同身受，那冰冷的触感瞬间传到她的臀部。从过往人群的服装判断，“环界”现在应该是微寒的秋季。坐在水泥台阶上的高山龙司在人群中更显得孤寂，没有人知道他是这个世界的救世主。每个人都毫不在意地走过他的身边，扬长而去。

礼子伸出手来，她好想碰触他的身体，想借着触摸治愈彼此的孤寂。两个人的距离虽然这么近，却连握手都做不到。这是礼子接触“环界”以来第一次如此焦急。

高山龙司把身体弯向前方，两手无力地垂放在膝盖上。偶尔，他抬起头看着天空。不可思议的是，从他脸上看不到任何懊悔，反而有种仿佛尽享天年、心满意足的安心。礼子看得出，经历死亡与再生的他，心中此刻充溢着任务圆满达成的满足，从容面对死亡的来临。

高山龙司伸长弯曲的身子，靠在身后的台阶上，表情比刚才多了几分快乐。礼子可以清楚地看出他情绪的变化。或许他是在注视大楼间的天空，但是她更愿意相信，高山龙司可以透过屏幕看到自己。

高山龙司对着空中像是要说些什么，嘴巴张开又闭合，他伸出舌头舔了舔干裂的嘴唇。礼子依照天野所教的方法操纵键盘，将视线的焦点锁定在高山龙司身上，如此一来，她也可以看见高山龙司看到的影像。

果真如礼子预想的一样，风景徐徐地旋转，屏幕上呈现出大楼间小片的蔚蓝晴空。通过高山龙司的眼睛，礼子正在眺望“环界”。原来在他的眼中，“环界”是这个样子。她仔细一瞧，空中似乎还浮现着一张人脸。礼子一眼便认出那张脸是谁，那是她每天照镜子都会看到的脸——没错，那正是礼子自己。

“现在他正在想我的事，所以眼前浮现出我的脸来。”即使他闭上眼睛，眼睑中也残留着礼子的影像。礼子感受到了阿馨对她强烈的思念。

空中的影像逐渐变得朦胧不清，礼子知道自己已泪流满面。她抚着胸口，想象他刚才一直想说却说不出口的话。高山龙司在面临死亡的一刹那，还不断地回忆和她共处的幸福时光。这比任何亲昵的话语都让礼子高兴。

这时，礼子可以感受到，高山龙司的脉搏正以一定速度慢慢地递减，四肢的感觉也逐渐消失，死亡将在下一秒降临。龙司的脸依然朝着同一个方向，但是眼前的风景已经逐渐模糊了……终于，风景消失了，大楼、树木、人群也都消失了，屏幕变成一片黑暗，只有礼子脸部的轮廓清清楚楚地浮现出来，在死亡的余韵中依依不舍地残留着。

“环界”的风景对礼子而言，已经没有任何意义了。和听到高山龙司死亡的消息比起来，在屏幕前亲眼目睹他的死亡，礼子的感受更强烈。

礼子解除锁定，怅然若失地呆呆望着“环界”的风景。她原本以为高山龙司能够从容迎接死亡，自己也可以冷静地接受他的死，但此刻她的大脑无法再活动了。呆愣了好一会儿，她的心情逐渐平静下来，移开视线，不再注视着屏幕。高山龙司不在了，她对“环界”的兴趣自然也消失殆尽。

“再见了，阿馨。”

礼子关掉电源，让假想空间的风景从眼前消失。她知道自己再也不会观看“环界”了。

此时，礼子察觉自己的身体也产生了异样的感觉，并不是很明显的阵痛，但直觉告诉她：快要生了。

礼子拿起话筒，依照指示按下号码。

7

分娩前，第一期的阵痛是节奏缓慢的轻微疼痛。活泼好动的胎儿缓慢地在母体内移动到较低的位置，礼子觉得胸口附近有种轻轻软软的感觉。

坐进出租车后，礼子报出大学附属医院的名字。

“要生了吗？”司机亲切地问道，尽量平稳地开车。

礼子的膝盖上放着一只大旅行包，里面装着事先准备好的生产要用的东西。亮次出生的时候，礼子什么也不需要准备。她坐在车上，母亲和丈夫坐在两旁，两人紧紧握着礼子的手，不断地鼓励她。但现在她是一个人生产，内心有一股挥之不去的不安。

到达医院时，正好是晚上七点钟。换好衣服后，礼子躺在床上，等待子宫口完全张开。一波波的阵痛让人联想到巨大的海浪，来势汹汹，礼子忍受不了痛苦，痛歪了脸，不由得唤出阿馨的名字。她心想，如果阿馨在身边守着，或许痛苦可以减轻一些。

阵痛之间的空当中，礼子隐约听到音乐声。开始她以为是隔壁病房传来的音乐，但仔细听又不是。她看向窗外，外面已经是一片黑暗。礼子有一种预感，胎儿出来恐怕要拖到深夜以后。

不久，礼子发现音乐是从黑暗的另一边传来的，好像是医院为了让婴儿听而播放的，但不能确定。这低沉而神秘的美妙旋律缓解了她的痛苦。礼子突然想到，那不甚明确的音乐源头会不会是腹中的胎儿在唱歌，但很快便责备自己不该抱有这种荒唐的幻想。不过她还是抬起头，看着肚子说道："孩子，别在里面唱歌了，赶快出来吧。"

礼子想象着儿子为了缓解母亲的痛苦，在黑暗的子宫中唱歌的模样。或许是"环界"的影像还强烈地残留在脑海中，她已经把守护者与被守护者的关系弄混了。

刚过夜里十二点，子宫口已经完全扩大，礼子被护士从准备室移往分娩室待产。在医生与护士的指导下，礼子使劲配合阵痛的节奏。与刚开始的阵痛比起来，现在的疼痛间隔缩短了，子宫与腹肌不断地收缩，礼子感觉身体正在凝聚一股气力，将胎儿使劲地往外推。

按照护士的指示，礼子想采取腹式呼吸，却怎么也办不到。疼痛与紧张让她只能短浅而急促地呼吸。她知道必须放松心情才能顺利生产，于是想象阿馨的面庞，试着和他说话。

"别出声！"礼子剧烈地喘息和呻吟，呼唤阿馨的名字时，护士在一旁提醒，不能出声，否则只会徒然浪费生产所需的精力。

"啊……"突然间，护士有些惊讶地看向医生，在这一瞬间，她几乎可以从礼子的外阴看到胎儿的头。医生小声说了句什么，他戴着口罩，礼子不知道他说什么，但是他的脸上浮现出明显的疑问。

“送到分娩室时，子宫口不是已经打开了吗？”他不是在询问护士，而是喃喃自语。刚才应该已张开的子宫口，此刻又闭合起来。

“怎么了？”礼子从护士与医生的对话中感受到紧张的气氛，于是抬起头询问道。“没什么。”医生或许是怕孕妇担心才含糊其辞，但礼子一点也不恐惧，反而将医生的疑问很干脆地说出口：“我的孩子又躲回去了吗？”

“嗯，好像是。”由于礼子的语气十分轻松，医生也不再有什么顾忌，“再等一下看看吧。”

因为母体与胎儿的情况良好，医生认为继续等待子宫口自然打开应该不会有问题。生命的诞生有一定的规律，人类不能妄想操控它的流程，于是礼子又被推往准备室继续等待。

如果说刚才的阵痛是大风大浪，那么现在就像是傍晚时分的风平浪静，然而礼子对现在的平静有些害怕。她还记得刚才有一瞬间，似乎有股力量在改变生产的过程。护士惊讶地叫出声时，礼子听到了声音中隐含的意思，她也差点叫出来，因为她的确感觉到了空气的流转与变化。

“快出来吧，孩子。”

婴儿还在犹豫，似乎想躲在母亲的子宫中窥视外面，评估这个世界值不值得造访。礼子看着白色墙壁，轻声地对儿子说道："这是个好地方哦。"她把两只手放在腹部，想看看孩子的动静，但胎儿却没有反应。

礼子看了看床头的时间，闭上眼睛休息。马上就要凌晨一点了，入院后才过了六个小时，感觉却有一世纪那么长。礼子不断说服自己，风浪现在才要开始，必须让自己的心情平静下来。

又过了一个小时，刚才那位护士又出现了。她确认情况没有变化，留下一句"加油"便离开了房间。

护士离开后，礼子突然感到剧烈的阵痛，下腹部有股强烈的力量在往外推，她痛得不住地扭动身体，伸手想找床边的紧急按钮，却怎么也找不到。

"真的要生了！"

礼子体内萌生出母亲的直觉，同时，意识也逐渐远离……

第二天，礼子气色安详地躺在床上。昨夜为生产而奋斗的记忆仿佛是遥远的过去，她懒洋洋地沉浸在满足感中。生产时的痛苦在婴儿出生的一刹那变成了感动，体内涌现出满满的喜悦。

一旁传来婴儿的哭声，但是婴儿并不是躺在礼子的病床旁边，而是由护士抱着。礼子看着被护士抱在胸前的儿子，正如她所想，是个男婴，长得很像父亲阿馨。

在礼子与婴儿之间有一片厚实的玻璃，那是隔开外界与新生儿的玻璃窗，好让新生儿室保持在无菌的状态下，以免脆弱的婴儿遭受细菌的感染。那面玻璃也发挥了镜子的功能，映照出护士和婴儿的影像，现实的风景与那映照出的景象重叠。

从玻璃反射的影像中，礼子看到婴儿正专注地看着上方的巨大人影。那影子弯着身体，不知在婴儿耳边说什么。一会儿，影子逐渐鲜明起来，面孔也逐渐清晰。

“阿馨！”

礼子抬起头，热切地呼唤影子。那句阿馨一直想说却说不出口的话，现在终于从他的嘴中听到了。

“生日快乐。”

这是阿馨祝福儿子诞生的话语。

礼子告诉自己，等儿子长大之后，她要将那部影片拿出来给儿子看，让儿子自己评论父亲是个怎样的人。

礼子想象着未来的光景，内心兴奋不已，她相信儿子一定也会为父亲感到骄傲。

于是，礼子也跟着阿馨一同祝福儿子。

“生日快乐。”

图书在版编目（CIP）数据

环界.4，新生/〔日〕铃木光司著；平宣译.——
海口：南海出版公司，2017.1（2025.10重印）
ISBN 978-7-5442-8566-7

Ⅰ.①环… Ⅱ.①铃…②平… Ⅲ.①科学幻想小说
—日本—现代 Ⅳ.①I313.45

中国版本图书馆CIP数据核字（2016）第264325号

著作权合同登记号 图字：30—2016—125

环界.4，新生
〔日〕铃木光司 著
平宣 译

出　　版 南海出版公司 （0898）66568511
海口市海秀中路51号星华大厦五楼 邮编 570206
发　　行 新经典发行有限公司
电话 （010）68423599 邮箱 editor@readinglife.com
经　　销 新华书店

责任编辑 翟明明
特邀编辑 褚方叶
装帧设计 韩 笑
内文制作 王春雪

印　　刷 山东京沪印刷科技有限公司
开　　本 850毫米×1168毫米 1/32
印　　张 6
字　　数 109千
版　　次 2017年1月第1版
印　　次 2025年10月第7次印刷
书　　号 ISBN 978-7-5442-8566-7
定　　价 37.00元